TAUFAN S. CHANDRANEGARA

Prosa Kopi

Esai dari Pinggiran

¶**PI**MEDIA

Prosa Kopi Esai dari Pinggiran
Taufan S. Chandranegara
Hak Cipta © Taufan S. Chandranegara

Desain Sampul: Taufan S. Chandranegara
Tata Letak: Tim Pimedia

Diterbitkan oleh PIMEDIA Bandung
Cetakan pertama, 2022

ISBN 978-623-6488-64-5

Hak cipta dilindungi undang-undang. Dilarang memperbanyak atau memindahkan sebagian atau seluruh isi buku ini ke dalam bentuk apa pun, baik secara elektronik maupun mekanik, termasuk memfotokopi, rekaman, dan lain-lain tanpa izin tertulis dari penerbit.

Dicetak oleh PIMEDIA Bandung.

Tuhan memberi cinta untuk hidup di negeri kasih sayang.

Terima kasih Ilahi.

Pikiran-Pikiran Taufan

N. RIANTIARNO. Sastrawan, Dramawan dan Budayawan

Saya membaca pikiran yang ditulis Taufan, dalam kumpulan catatan yang disebut *Prosa Kopi Esai Dari Pinggiran*. Saya sangat terpana dan mengagumi. Taufan S.CH.N itu aktor yang bagus. Membantu saya dan Teater Koma sebagai skenografer - Penata Set/Dekor – yang seringkali memiliki imajinasi yang sungguh mengagumkan. Beberapa karya skenografinya dalam lakon-lakon saya dan terjemahan menjadi sesuatu yang selalu saya ingat. Tidak pernah saya lupakan. Dia itu aktor senior yang hingga sekarang masih tetap diperhitungkan.

Dia menulis tentang Leo Kristi, seniman musik Suroboyo, yang mulanya bergabung dengan Gombloh dan Franky Sahilatua dalan *Lemon Trees*. Tapi kelompok mereka tidak berusia panjang. Gombloh menyanyi, dan lagu-lagunya hingga kini tetap terdengar. Franky Sahilatua bergabung dengan saudarinya, Jane. Sedang Leo Kristi membangun *Konser Rakyat Leo Kristi*. Dia wafat pada 2017, dan Leo Kristi bisa dirasa sebagai pemusik yang selalu ada dalam hati kita.

Ada beberapa lagi yang juga ditulis, meski tulisan lain juga menarik. Saya mengagumi tulisan *Bejana Geo Humanisme, Niskala Imajinasi, Setiap Hari Jadi Puisi*. Tapi yang betul-betul mengusik hati adalah tulisannya tentang Semar, *Kala Matra Logika*. Dia menyebutkan Semar itu sesungguhnya patut diteladani.

Dia menyebut, *Semar itu nasionalis, sosio humanis, membaca spirit langit maha luas, memberi kesadaran mahluk hidup semula menuju akhir, tak ada satu pun hidup tidak berguna bagi sesama, jika*

v

ihwal kesadaran kelahiran apa pun kembali pada induk alam semesta, alam Maha Rahim merupakan Kala Matra Logika. Pemikiran Semar, jangan diragukan lagi. Dia itu, filsuf dunia.

Saya tidak tahu, yang ditulis Taufan itu bersumber dari pikiran mana. Tapi, sesungguhnya itu adalah pemikiran Taufan, yang jernih, yang kita semua sekarang seharusnya menyadari. Dan itu juga pikiran tentang Semar. Panakawan yang dalam kisah wayang selalu menjadi pengiring ksatrianya, Arjuna, penengah Lima Pandawa. Semar selalu diikuti anak-anaknya: Gareng, Petruk dan Bagong. Panakawan itu abdi, kawan satria. Panakawan selalu menasehati para satria, agar hidup bagi Satria menjadi jauh lebih baik. Selalu *titis* dan waspada.

Saya tak akan membahas seluruh tulisannya, kemudian memberi komentar satu demi satu. Bacalah jalan pikiran Taufan, kemudian imajinasi semoga akan lahir, sehingga apa pun yang ditulis olehnya menjadi bagian yang hidup dalam hati dan pikiran kita. Imajinasi, sesuatu yang penting, bagi manusia. Dengan imajinasi kita mampu melahirkan sesuatu, yang barangkali mustahil, tapi sesungguhnya tidak mustahil. Tapi Tuhan Yang Maha Kuasa kemudian akan menjadi pemandu kita.

Taufan, saya kagum. Saya berharap, tulisan-tulisan itu akan jadi sesuatu yang penting. Lahirkan pikiran-pikiran bagus. Dan diterbitkan. Tulislah dengan kalimat yang asyik tapi kita mampu memahami. Imajinasi, tidak selalu wajib masuk ke dalam pikiran atau hati, tapi tulisan bagus dalam pemikiran adalah pemandu saat kita mengikuti seluruh jalan pikiran itu dan melaksanakannya. Salam.

Jakarta 8 Juli 2022-NR

Di Mana Pinggiran Seni?

"Kernet dan sopir angkot."

Demikian Mas Tasch—*nama panggilanku untuk sang penulis buku ini*—menyebut dirinya di Kompasiana dulu. Seniman serba bisa ini tentu saja bukan sedang merendahkan diri apalagi merendahkan profesi. Beliau menyebut dirinya 'kernet' dan 'supir angkot' tanpa tendensi apa pun.

Jadi, mengapa judul buku ini *Prosa Kopi Esai dari Pinggiran*?

Kalau Pembaca yang Budiman pernah mengikuti kisah perjalanan Teater Koma tempat beliau ditempa dan menempa karsa, mungkin kalian bisa paham, bahwa yang disebut pinggiran itu tak selalu berada di pinggir. Bisa berada di tengah. Bahkan di puncak.

Dulu musik dangdut dihinadinakan. Musik pinggiran kampungan. Kini diperlombakan sampai tingkat ASEAN dan menembus pasar antarbangsa. Seni grafiti yang dulu tak lebih dari ulah vandalisme anarkis, kini sejajar dengan mural Romawi. Dan meski mungkin dicap kriminal, tapi sebagai seni berkelas. Contohnya Banksy.

Jadi, apa makna pinggiran? Pinggiran itu keliling terpanjang dari suatu bidang. Yang mengepung wilayah yang dipetakan. Tanpa pinggiran, tak ada batas. Isi tercerai berai.

Aku tidak ingin seni dipetak-petak, terkungkung dalam garis demarkasi yang ditetapkan pasar. Jika Pembaca yang Budiman bertanya bagaimana sebagai redaktur penerbit menentukan isi buku ini dimasukkan ke dalam genre apa, jawabanku: "Aku yang meng-kurasi buku ini. Tak peduli genrenya apa."

Untuk Pembaca Budiman ketahui, aku bilang ke Mas Tasch: "Mas Tasch tulis, aku yang terbitkan."

Isi buku ini adalah jus herbal yang menguatkan imun nasionalisme terhadap serangan virus globalisasi. Yang berbeda dengan *junk food* yang kita santap setiap hari.

Aku tahu Mas Tasch bukan kernet atau sopir angkot. Namun aku tidak berkeinginan membantah. Kita berhak menjadi siapa yang kita mau selama itu membawa manfaat.

Termasuk jadi tukang bakso menantu petinggi partai yang mengaku partai orang pinggiran. (Ini satire).

Jadi, di mana pinggiran seni? Hati Anda, Pembaca Budiman, yang menentukan.

Redaktur Pimedia
I.H

Menulis Esai Dalam Puisi

TAUFAN S. CHANDRANEGARA, PRAKTISI SENI-PENULIS.

Menulis Esai bagaikan menulis puisi, bagaikan pula dalam prosa kopi, cerita tentang beragam rupa kehidupan sekitar kita.

Adakah cinta di antara hutan belantara ataupun tentang langit mendung berkilatan petir kian kemari, mungkin pula tentang kekasih nan jauh di mata dekat di hati, ataupun serenade atau serenata, syair prosa rembulan.

Sekumpulan tulisan ini telah ditayangkan oleh kompasiana.com, Majalah Seni-Seni.co.id dan Indonesiana.id-Grup Majalah Tempo. Terima kasih, telah bersedia menayangkan artikel hamba, baik telah lampau maupun terkini. Salam baik untuk saudaraku sebangsa setanah air di sana. Salaman.

Lagi, **N. Riantiarno,** budayawan-dramawan, guru hamba di bidang teater serta keluasannya. Bersedia memberi catatan singkat padat. Mengantar pembaca melihat cerita dalam cermin langit lebih luas. Terima kasih Guru.

Seiring waktu, lagi-lagi sahabat Ikhwanul Halim-usaha penerbitan buku 'Pimedia', memberi kebaikan, menerbitkan antologi ini, buku mungil dalam topik "Prosa Kopi Esai dari Pinggiran', karena memang hamba tinggal di pinggiran Jakarta Selatan, alias menjorok ke sisi wilayah, Bintaro Tangerang Selatan, pinggiran Jakarta banget deh.

"Bukan soal untung-rugi." Nah, ini kalimat menarik dari Ikhwanul Halim. Hanya ingin berbagi, melengkapi pustaka literasi negeri tercinta ini. Nah loh, hebat, semoga amalnya dicatat Tuhan Yang Maha Esa. Tetap sehat terus bergiat untuk generasi negeri agraris ini.

Latar belakang kisah, lantas, mengapa hamba menulis esai prosa puisi antologi ini. Lagi-lagi hanya ingin melengkapi pustaka literasi negeri tercinta. Di antara berbagai latar belakang para penulis pendahulu. Sedangkan hamba belajar keilmuan lainnya, total secara autodidak saja. Terima kasih, Ilahi. Engkau telah memberi hamba rezeki seluas ini.

Hamba gemar karang mengarang sejak hamba bisa bacatulis. Ibu, hamba penyanyi keroncong lokal daerah kalau di peta, ada di pojokan Jawa Timur, berpindah domisili dari desa Glemor, ke Kabupaten Kalisat, Kota Jember lalu Kota Malang, bukan penyanyi keroncong terkenal, beliau hobi menyanyi untuk lingkungan sendiri-terdekat, ketemu ayah hamba, lelaki pengelana hingga mereka menikah hijrah ke Jakarta, lahirlah hamba. Begitu ceritanya.

Lantaslah seiring waktu membesarkan, hamba, gemar memburu buku bekas di loakan Pasar Senen, atau dulu banget, di tikungan jalan kwitang sekitaran toko buku Gunung Agung. Hingga proses dewasa semakin dalam menyelami lingkungan kesenian, dari Gelanggang Remaja Bulungan era 70-an – 80-an, bersama kawan-kawan seangkatan, hingga, hamba bekerja di grup Grafiti Pers, penerbit Majalah Tempo, Majalah Medika, Majalah Zaman, pada era 80an, hingga kini hamba masih bersahabat dengan kawan-kawan. Selanjutnya hamba menjadi anggota Tetap Teater Koma sejak 1981, hingga kini.

Demikianlah kurang lebih kisah singkat, latar belakang hamba gemar menulis, seperti terekam dalam buku sederhana ini.

Namun, ada kesedihan mendalam sebelum antologi ini terbit. **N. Riantiarno,** Guru, amat hamba hormati dan kagumi. Mangkat, pada 20 Januari 2023, pukul 6.58 WIB. Hamba lunglai. Nurani hamba terasa kosong. Tuhan Yang Maha Rahman, Semoga Surga-Mu, baginya. Amin.

Terima kasih kepada semua pihak untuk memungkinkan penerbitan buku ini. Salam baik saudaraku.

Indonesia, Januari 25, 2023.

Daftar Isi

Pikiran-Pikiran Taufan v
Di Mana Pinggiran Seni? vii
Menulis Esai Dalam Puisi ix
Daftar Isi xii
Ngobrol dari Pinggiran 1
    Doel Sohib Galau 2
    Beli Karedok 6
    Goyang Lidah 9
    Mpok Bikin Karedok 12
    Mahar 15
Antologi Bercerita 17
    Antologi Bercerita (Part 1) 18
    Antologi Bercerita (Part 2) 24
    Antologi Bercerita (Part 3) 27
    Antologi Bercerita (Part 4) 31
    Antologi Bercerita (Part 5) 34
    Antologi Bercerita (Part 6) 37
    Antologi Bercerita (Part 7) 40
    Antologi Bercerita (Part 8) 45
    Antologi Bercerita (Part 9) 47
    Antologi Bercerita (Part 10) 50
Kumpulan Popcorn 53
    Popcorn (1) 54
    Popcorn (2) 58
    Popcorn (3) 61
    Popcorn (4) 65

Popcorn (5) 67
Popcorn (6) 70
Popcorn (7) 74
Popcorn (8) 76
Popcorn (9) 77
Popcorn (10) 78
Popcorn (11) 80
Prosa Kopi 83
   Prosa Kopi Rasa Lemon 84
   Prosa Kopi Rasa Madu 86
   Prosa Kopi Sikat Gigi 88
   Prosa Kopi Zona Perang 90
Esai dari Pinggiran 92
   Fiksi: Monokrom 93
Tiga Risalah 97
   Risalah Satu 98
   Risalah Dua 99
   Risalah Tiga 100
Leo Kristi di Surga Kebangsaan 101
Fiksi | Misteri Siluman Bantal Guling 104
Catatan Pendek Politik Idiom 109
Politik Mata Air 111
Bejana Geo-Humanisme 113
Seni, Komunikasi, dan Seni 117
Niskala Imajinasi 122
Sehat Sangat Indah 127
Kala Matra Logika 129
Difusi Aksiologi 132
Mempertimbangkan "Neo-Sensor" 135
Peran Pengganti Jokowi Asian Games 2018 139

Fiksi | Rumah Bernyanyi 142
Esai dari Pinggiran: Koalisi Burung Merpati 147
Fiksi | Tenung Patogenesis 154
Fiksi | Solilokui Renda-Renda Niskala 157
Mengenal Solilokui dalam Seni Drama untuk Pemula 160
Setiap Hari Jadi Puisi 162
    Puisi | Skala 162
    Puisi | Potret 163
    Puisi | Asap 163
    Puisi | Bola Mata 164
    Puisi | Kamu 164
Setiap Hari Jadi Artikel 165
    Cerita Opera Buku 166
Mengantar Karangan Bunga 169
Neokanibalisme: Analisis Autodidak dari Trotoar 171
Neo-Oportunisme: Analisis Autodidak dari Trotoar 173
"Aku Temukan Lagi Mata Air Itu" 175
Ngobrol dari Trotoar 177
Pada Suatu Ketika 179
Salam Hari Baik 181
Bianglala Rembulan 183
Tentang Penulis 185

NGOBROL DARI PINGGIRAN

Doel Sohib Galau

Episode: Doel Sohib Galau
Alegoris taon kejadian 2017. Ceritanye nih.
Doel sendirian lagi asik ngobrol ame dirinye. "Siapa bilang bulan cakep. Enggak tuh. Jelas tuh dari sini, pinggir Ciliwung. Bintang kagak bisa nandak, menari kalau orang sekarang bilang menurut KBBI. Udeh jelas tuh bintang kagak bisa nari. Noh! Tuh! Bintang diem ajeh." Doel, memandangi sungai Ciliwung. "Emang adem nih kali." Dia tarik napas panjang.

"Jadi cakep itu apa dong. Oh! Kalau bumi pindah ke bulan, kale. Oh! Kalau bumi jadi matahari, kale. Oh! Kalau langit jadi paradoksal. Biar rame musim anemia di langit, xixixi lucu juga ye, musim anemia di langit. Loh. Ya. Biarin. Abis banyak nyang aneh sekarang!"

"Oh! Iye. Konon emang lagi trendi menyoal anemia di langit, xixixi. Langit kok bisa ade musim anemia ye. Katanye sih begitu, konon kalau kite liat dari segi kabar berita simpang siur kayak jalanan macet... sebab kite kale ye, males tertib."

"He he he Ane jadi ikutan kasih jempol, di media sosial. Oh! Kudunye enggak boleh ye. Wah! Ane berarti ikut miring juga dong, ikutan euforia menyoal tuh anemia di langit. He he he langit bisa anemia juga ye. Hati ane emang lagi seneng"

"Oh! Seneng. Jadi? Kalau balik soal menyoal bintang kagak bisa nari? Apa ane telpon Nicolaus Copernicus, ye... Oh! Kan die udeh almarhum dari kapan tau. Kalau die mesing idup, pasti jawabannye sama. Bintang emang kagak bisa nari! Pasti die jawabnye begitu. Sambil manggut-manggut kaya aktor di pelem-pelem, tuh."

"Kalau ane inget-inget neh. Rasio banding imaji sama dengan krusial pangkat dua dikali sepuluh min dua sama dengan enggak tahu dah. Ha ha ha, Mpok Mustaji emang kalau ngeledek seru banget."

"Die cerite ame ane. Ade nyang nyebelin waktu kondangan di kawinan keponakan. Ane belon dateng waktu itu. Mpok Mustaji dateng duluan bareng ame Bapak ane. Ade makhluk mau bikin cemburu pasangannye, tapi gagal total wk wk wk. Pura-pura mau salaman ame Bapak ane. Padahal mau selfie bareng Bapak ane, dasar Mpok Mustaji, die maen sikut ajeh xixixi. Kasian tuh makhluk, nyengir miring kekiri. Jadi tetamu kudu sopan, maen selonong aje."

"Menyoal bintang kagak bisa nari. Wajib dibahas ame permainan imajinasi kale ye, jadi kayak lenongan, maunye memadukan orasi ame nyanyian. Bedalah hai, orasi terjadi sebab ade maunye seolah-olah aklamasi, meskipun sebenernye kagak begituh amat. Mending nyanyi ape orasi ye. Nyanyi kale."

"Nyanyi ame menyanyi bedanya ape ye. Oh! Ini kale. Nyanyi artinye ye menyanyi kale. Kalau menyanyi artinye bernyanyi-nyanyi, alias gosip kale ha ha ha bodong udelnye sih. Nah! Kalau nyanyi ame orasi suaranye sumbang juga? Jadi? Oh berarti emang kudu belajar nyanyi lagi kale. Ha ha udeh suaranye pas-pasan orasinye norak wk wk wk."

"Kalo Ludwig van Beethoven, mesing idup, ane bisa minta tolong die cuy buat ajarin itu makhluk gimane menyanyi dengan santun dan indah. Kagak nerakain orang sembarangan. Emangnye sorga punya bapak moyangnye kale, ye."

"Ibarat kate misal nye nih, umpama loh, sorga neraka kagak ade gimane, ye. Oh! Kite bikin sorga kendiri. Caranye kite bikin semua orang bahagia saling hormat menghormati. Top banget, dah."

"Semoga ajeh. Makin banyak cinte, saling sayang menyayang, terbang tinggi bareng ke langit. Supaye kagak ada lagi tuh omong kasar depan publik, malu ame lidah dan mulutlah hai. Moga-moga ajeh punya malu. Kalau masih kagak punya malu juga, tutup ajeh palanye ame helem. Suruh wajib jalan mundur kayak undur-undur, mirip laron, idup ogah mati ogah, kayak kodok di bawah batok kelapa. Ho ho ho! Daku ngarang. Mending ngarang, dari pade orasi suaranye fales he he....Sian deh itu makhluk suaranye fales xixixi."

"Dulu banget nih ye. Menurut kisah para filsuf dari berbagai negeri udeh kasih contoh berbudi pekerti baik di sejarahnye. Kagak asal marah ame nguarin bahasa kagak santun, banyak kok contoh baik di sejarah dari zaman dulu. Tapi toh masih aje ada, makhluk aneh seolah-olah bergaya filsuf cinte, eh taunye berbulu musang, bray."

"Jadi kayak boneka barbie dong, xixixi. Lah, iya! Sebel ane! Beraninya bikin teror otaknya bolong. Eit! Ane jadi ikut bolong juga neh otaknye. Abis kesel sih."

"Siapa nyang kagak kesel. Beraninye ngeledek Bapak ane dari samping. Giliran ditantang ame Bapak ane dari depan kagak berani. Die ngeloyor kayak ayam sayur. Hobinye jadi plagiat bangga amat. Surealis emang kale tuh makhluk!"

"Sebenernya kagak usah kesel ame makhluk plagiat pengganda diri macem begituan. Tapi ane kesel banget, waktu Bapak ane diledekin. Gondok segede kedondong. Eh nyatanye! Begitu di tantang man to man ame Bapak ane xixixi die ngeloyor ngumpet di keteknye kendiri, sian deh."

Mpok Mustaji muncul mendadak ngagetin Doel. "Dor!"

"Dor! Mpok. Eh! Ngagetin orang ajeh. Dari mane sih."

"Biasa ngider nyari sekoteng buat enteh, Nih sekoteng sing panas. Biar kagak galau ajeh."

"Gimane kagak galau Mpok. Di langit lagi musim demam epidemi virus plagiatisme jadi wajib mawas diri. Siap-siap melakukan tindakan fogging, supaye nyamuk pembawa virus itu bisa ditangkal sebelum mewabah. Kite kudu tetep mawas diri dan saling hormat menghormati Mpok, sesama warga bangsa. Kagak ada kok yang paling hebat di negeri ini. Semua anak bangsa yang berpikir positif dan rela bergotong-royong. Dua jempol dari ane dah."

"Wah cocok tuh Doel. Salaman." Doel asik menikmati sekoteng oleh-oleh Mpok Mustaji. Keduanya memandang Ciliwung beradu senyum, *the end*.

Jakarta, Indonesia, March 15, 2017

Beli Karedok

Sambel kecap. Sambel Mangga. Sambel terasi. Sambel lalapan. Sambel pecel. Semuanye enak. Kagak ade nyang kagak enak dah. Apalagi buat warga Betawi baik asli maupun pendatang tumplek kayak orang arisan kalo udeh ngobrolin sambel atau sambal. Cie cie boleh manis boleh cakep boleh aduhai pasti demen sambel dah. Cocok.

Planet Bumi Seger ame baunye pasar tradisional. Sedep, bau cabe deket ame sambel, sambal goreng pete, sambel goreng ikan asin ala warteg tengah pasar. Aromanye cuman ade di deket emak-emak kite. Kagak ade duanye di planet mane ajeh kecuali di planet bumi khusus di negeri kite nyang cakep.

Ampir setiap meja makan kite pasti ketemu ame keseksiannye tuh sambel. Ape lagi kalo ketemu sambel tumis balado terong, jengkol, pete teri kacang pedes. Kagak ade Bray *di catwalk fashion of the week, xixixixi*.

Keseksian *fashionable* kalo pade ngayun itu kaki peragawati kagak bakal renyem kalo kagak doyan sambel. Senyumnye kagak keliatan asem manis sedep kalo kagak doyan sambel, kagak bakalan *photogenic* dah ha ha ha. Kalo aroma sambel tomat belom nyamber lidah cakep tuh peragawati xixixixi. Biar kate naik turun pesawat Jakarta-New York-Sidney.

Doel Sohib, masih ngelamun kagak jelas. Ape nyang dilamunin. Lama sedari tadi kendirian ajeh. Belom bisa move on makan sebab gosip sekitar kelurahan bikin die sebel, ampek nyebar seputar ke Er-the, Rukun Tetangga. Ke Er-weh, Rukun Warga. Ampek jem makan siang, Doel Sohib, belum bisa makan biar kate perutnye udeh keroncongan, begetoh kalau Doel lagi sebel. "Segala cabe naek ajeh udeh pada ribut. Emangnye salah siape?" Doel ngedumel kendirian sedari tadi.

Mpok Mustaji, blaster migran Jawa lahir di Jakarta, belom pernah pulang ke kampungnye, Jawa mane, desa ape, kota mane. Mpok Mustaji, cuek kagak perduli. Guwe lahir di Jakarta. Gede di Jakarta. Jelas guwe orang Jakartalah. Itu seloroh Mpok Mustaji, setiap kali ketemu siape aje. "Ngeteh dulu Doel." Mpok Mustaji, ngagetin Doel. "Lagi ngelamun sedari tadi. Kenape?"

"Eit! Empok Mustaji. Salaman dulu akh. Dank u meisje tehnya."

"Ape? Hihihi, gue jande di tinggal mati Doel, ape masih meisje ajeh Doel."

Doel menyambut gembira. "Hahaha, tuh pinter ngerawat body, masih kayak perawan ting ting Mpok."

"Kurang manis Doel?." Mpok Mustaji, langsung gubrak narok pantatnye duduk disamping Doel Sohib. Lanjut Mpok Mustaji "Ngape yak orang gampang banget protes yak Doel."

"Kurang sabar kale Mpok. Kalo mau protes ame koruptor ya Mpok. Nyang jelas-jelas nyolongin duit kite he he he." Doel ketawa ngikik.

"Segitu gelinye Doel. Kayak dengerin sandiwara radio ajeh."

"Gimane kagak geli Mpok. Nyang belom kedapetan e-KTP ama lurah suruh pake blangko dulu. Kite lagi yak Mpok nyang jadi ribet. Nyang nyolong siape, nyang ribet siape. Nyang nyolong anggaran e-KTP, idupnye pada senang kale yak Mpok. Naek turun mobil ame lift hehehe di kantorannye."

"Iye ye Doel. Kite cuman bisa urut dada." Mpok Mustaji sambil ngeliat kali dari pinggir Ciliwung. Pinggir kali tempat Doel suka ngelamun di bawah puun sawo belakang rumahnye, di atas bale bambu.

"He he. Biasa Mpok, kayak rujak bebek kurang gula. Kurang manis ditambah gula merah lagi, ditumbuk lagi. Manis kagak manis. Senang kagak senang. Risiko kite dah." Bisik Doel ke kuping Mpok Mustaji.

"Hi hi hi. Haregene basic bingitsz ya Doel. Teori sepan-jang masa, suply and demand, hiks." Mpok Mustaji, sambil nggelosor duduk ke bawah, di samping Doel Sohib. "Yuk! Dari pada dengerin gosip kiri kanan, beli karedok yuk Doel."

"Yuk! Mpok. Kite kudu tetep semangat! Kudu terus maju Mpok. Dari pade dengerin gosip nyang kagak penting, kagak bikin kite pinter, Mpok."

Mpok Mustaji, bisik-bisik di kuping Doel. "Hihihi..." Belon ngomong Mpok Mustaji udeh ngikik di kuping Doel.

"Apaan sih Mpok." Doel balik bertanya membisik di kuping Mpok Mustaji.

Lalu keduanya ngakak bareng terpingkal-pingkal. "Hihihi... beli karedok, yuk!"

Keduanya berangkat, Doel membonceng Mpok Mustaji dengan sepedanya.

Jakarta, Indonesia, March 21, 2017

Goyang Lidah

"Cup! Suit! Suit!" Mpok Mustaji, niru kayak iklan di tipi. Doel Sohib nyengir. "Tiga kali kecup. Nih karedok. Nih kopiah baru." Mpok nyodorin ke Doel. "Cerah ngape. Kurang sedetik tuh muke." Mpok Mustaji, ngamprok duduk di samping Doel. "Mikirin Ramonah, Doel?"

"Jiaaah kagak Mpok. Doel seneng tapi setengah mikir."

"Jiaahh, masak mikir setengah. Mikir ape. Monah kagak. Nih kopiah baru coba, cukup nggak." Mpok duduk adu punggung ame Doel. Kopiah di cobain Doel.

"Buka dulu tuh karedok, encer kagak enak, bumbunye luntur."

"Nah, itu die Mpok. Luntur. Kayak bumbu." Suara Doel cerah.

"Apenye luntur Doel."

"Pade berisik bisa luntur, Mpok."

"Oh Ramonah? Kagak Doel, dijamin 1000%." Sambil ngangkat jempol.

"Bukan Ramonah. Soal nyang entuh Mpok."

"Oh. Bang Jali. Sip kalau itu Doel!"

"Jiaahh! Menyala amat itu suara." Doel sambil ngedorong punggung Mpok. "Ha ha ha lantas aje Si Jali disebut, apal bener."

"Serius neh. Dari pantauan media warga, bola mesing ngegelinding di tengah lapangan Doel."

"Hahaha apal bener Mpok gue neh. Bentar, buka karedok dulu, biar cakep kite ngobrol nyas nyis nyos, kayak rasenye nih karedok."

"Beda Mpok rase karedoknye. Warung baru kemaren, kurang sip dibumbunye, kale...."

"Top Doel. Jelas beda. Bumbu lama ame bumbu baru. Itu Doel bedanye. Karedok Mpok Soleh, udeh dari jaman engkong lu ame engkongnye doi maen gundu. Bumbu langsung di ulek ame tangannye. Kagak dijus pake mesin."

"Pantes, asli banget yak Mpok."

"Bukan asli. Tapi asseli banget dah. Udeh diprogram lama tuh bumbu, kagak ade tiruannya dah."

"Iye. Nyang di sono Pasar Baroe, sono Harmoni, kanan Gereje Katedral. Tikungan ke Monas, nyang dulu nyender di Gambir."

"Nah lu taukan. Sekarang pindah kagak jauh dah. Sekarang die beli kios di belakang bioskop Rivoli, percis deket agen oncom lama."

"Oh! Deket kios Bang Nur, nyang orang tasik itu Mpok."

"Oh! Ngarti ha ha, abis liat ujung genteng rumah Bang Jali?." Doel nyengir ngeledek.

"Ssst! Mau jadi pengamat Doel, berisik mulu. Cobain juga Es Doger Bang Matius, ujung Pasar Baroe tuh, rasa lama juga tuh tetep top, kagak berubah. Kagak palsu rasanye beneran duren montong Doel."

"Bentar Mpok. Hursff! Emang enak neh, rasa duren asli. Tapenye juga berasa banget neh."

"Sama enaknye kan ame karedok. Kagak bakal ade nyang bisa ngimbangin Doel rasa lama. Hihihi penggemarnye tetep setia, paten dah. Bedakan ame..."

"Ssst! Sip! Udeh kite jangan ikutan berisik Mpok, top selalu. Cuman perlu sabar biar tenang."

"Iye tuh, rameh aje. Kagak sabaran banget. Kalo mau dapet mutiare asli, kudu nyelem dalem banget, baru dapet aslinye."

"Eit, jangan nyolot Mpok, tenang. Kite liat noh Ciliwung, adem ajeh." Berduaan, asik menikmati idup santun dan adem di Betawi pinggir Ciliwung. Salam mesra buat semuanye ye.

Jakarta, Indonesia, March 26, 2017.

Mpok Bikin Karedok

Doel Sohib. "Bro and Sist. Ane nongol lagi neh. Fiksiana udeh cakep noh. K makin bahenol ajeh."

Terus die ketiduran di bale. Semilir angin pinggir Ciliwung bikin Doel pules. Kagak berape lame Doel kaget ame suara knalpot motor. Suaranye kenceng banget kayak terompet dari nerake.

"Eh, Konyol! Kire-kire lu di kampung orang!" Doel ampir lompat nguarin jurus Beksi. "Maap Bang. Kagak sengaja!" Itu motor ngeloyor makin kenceng. "Pale lu pitak!" Doel gemes kendiri. Masih sebel ame suara knalpot motor tadi. "Zaman modern di benua sono laen lagi. Ade istilah kayak puun karet disadap, xixixi. Teknologi ade aje maunye. Segala puun karet dibawa-bawa."

"Teknologi, emang bisa bikin jadi gile." Doel Sohib tarik napas. "Emang kudu pade rukun. Jadi sedep ngeliatnye. Demi kemaslahatan bersame. Kagak boleh sebel. Kudu baek ame tetangge. Ini urasan anu tinggal dikit hari lagi neh. Semoga lancar dan aman."

"Coba ane itung. Pilih. Kagak. Pilih. Coba ane itu lagi. Kagak. Pilih. Kagak. Oh! Ane ngarti dah. Secara metematis. Kayak si Rossi ha ha ha, duluan mulu. Jatoh bangun biasa. Namenye juga balap motor di sirkuit" Doel terkekeh-kekeh kendirian.

Empok Mustaji mendadak nongol. "Ngape lu Doel. Inget zaman jadul. Ngomel kendiri ajeh." Gubrak. Mpok, bawa sayuran seger di meja. "Nah Doel. Stop ngoceh kendiri cepet ua. Hari ini kite bikin kredok kendiri".

"Oke! Kata penyiar radio noh Mpok. Dengerin dah." Mpok Mustaji mondar-mandir dapur ngangkutin keperluan bikin kredok. Dari cobek ampek bumbunye.

"Mpok cabe segernye noh di kebon. Masih kinclong warnenye. Makin mere makin sedep pedesnye. Kudu sedep neh. Udeh deket Mpok." Doel ngeledek sambil ngelirik Mpok.

"Sip Doel hehehe. Kite kudu tetep konsisten ame hati kite Doel."

"Cocok Mpok. Nyang goreng kacangnye ane ajeh. Dijamin kagak angus dah."

"Hihihi angus kalau telat dateng ke TPS hihihi."

"Jiah. Die kesono. Dari kredok kesono jauh amat yak beloknye. Kalo name Jali di sebut. Mpok guwe langsung kleper-kleper dah hahaha."

"Wajib. Cinta pertame Doel xixixi. Kayak judul film yak Doel."

"Hahaha... Emang cinte pertame kagak gampang copot yak Mpok hahaha."

"Hehehe. Itu tahu ama tempe ane goreng sekalian cabenya biar top Doel."

"Cocok Mpok sedep rasenye."

"Stabilitas seimbang ame bawang putih plus kencur Doel hihihi."

"Ane tau kemane tuh omongan hahaha." Doel ngeledekin Mpok lagi.

Mpok motongin kacang panjang. "Nyang penting sekarang kite kudu doa nyang panjang Doel. Musim ujan kayaknye bentar lagi bakal abis neh."

"Bentar lagi juga beres Mpok hehehe. Nyang beresin bakal dateng hahaha." Mpok Mustaji nundukin palenye. Malu-malu kucing.

"Semoga sampah kagak numpuk di pintu aer ya Doel."

"Masyarakatnye juga kudu teratur. Buang sampah di tempatnye kan gampang. Jangan segala kasurlah ade di pintu aer."

"Oh! Iye. Kejadian lame tuh Doel. Sebelon ade rame-rame. Langsung beres tuh pintu aer. Bagus aje die..."

"Duileee...Berat banget mau nyebut name pacar jadul hahaha..."

"Padahal tong sampah ada tiga warna tuh yak, sampah kering, sampah kering sedeng, sampah basah, hihihi. Ane jadi keliatan mukenye Doel. Udeh akh! Kan sekarang udeh pade tua. Itu dulu jaman SMA Doel. Yak ellahh..." Mpok Mustaji suarenye girang malu-malu.

"Duileee...Girang banget romannye Mpok Guwe." Doel sambil nyengir.

"Doa kagak putus-putus yak Doel. Semoga lancar. Ke TPS bareng ye Doel."

"Nah itu die. Kebersamaan penting. Doa juga penting Mpok."

"Cocok. Yuk! Dah jadi nih kredok. Langsung dari cobek lebih sedep Doel.'

"Di mane-mane Mpok. Yang asli lebih sedep." Doel, ngusap kumis tipisnye ngeledek Mpok.

"Amin." Keduanya asik menikmati kredok. Di bawah puun jamblang. Di pinggir Ciliwung.

Jakarta, Indonesia, April 6, 2017.

Mahar

Jadi apa sebetulnya "mahar" menurut Kamus Besar Bahasa Indonesia (KBBI); Pemberian wajib berupa uang atau barang dari mempelai laki-laki kepada mempelai perempuan ketika dilangsungkan akad nikah, maskawin.

Pemahaman pada telaah masalah konotasi bunyi pada konsonan kata itu, telah menjadi baku dipahami sesuai bunyi dan arti dari kalimat itu, di KBBI.

Lantas masih ada dua istilah lagi, yaitu mahar misil; mas kawin yang tidak ditentukan jumlahnya (kadarnya) pada waktu menentukan akad nikah. mahar musama; mas kawin yang ditentukan jumlahnya pada waktu menentukan akad nikah.

Dari kata "mahar" menurut KBBI, pasti jelas tujuan peruntukannya, aplikasinya atawa penggunaan kata itu baik di atas kertas maupun tidak di atas kertas, baik tersurat maupun tersirat. Tinggal lagi pilihan ada di pihak (umum) laki-laki. Tentu sesuai kemampuan, boleh juga dibilang seberapa besar ikhlas terkandung di dalamnya.

Berbicara ikhlas dan mahar maka kalimat itu mendadak menjadi bola api meriah merona langit, entah seterang apa, so pasti bertujuan tak sekadar ala kadarnya, jika kata mahar bergulir di ranah kalimat politik. Sedangkan arti kata politik menurut KBBI, secara umum; keilmuan tentang ketatanegaraan atau hal ihwal kenegaraan. Maka rujukan lanjutan dari pencarian kata politik menjadi politis, atau agenda politik.

Nah, politis menurut KBBI; bersifat politik, bersangkutan dengan politik. Lantas agenda politik menurut KBBI; Tema yang akan dibicarakan dalam rapat politik.

Arti kata 'politik' jika berdiri sendiri, bertemulah kepiawaian tata kelola kenegaraan, barangkali kedudukan kalimat itu, ada, mengandung hal kejujuran, kecerdasan berpolitik, alias menjadi sebuah pokok pikiran senantiasa positif, ini barangkali loh.

Pencarian diberi kelengkapan dengan memakai kata awal, agenda, lantas menyusul kata, politik, jika disambungkan menjadi-agenda politik. Tampaknya kata, agenda politik, lebih penting dari politik itu sendiri, ini mungkin loh atau barangkali, sekadar tafsir loh, bukan *term of reference* pintar berdasarkan ilmu politik atau filsafat.

Itu sebabnya pula barangkali jika dalam kalimat, agenda politik, pasti ada pola pikir cerdas menjadi agenda utama dan agenda berikutnya. Entah mengapa dalam KBBI tidak ada kata sambung 'mahar politik' seperti kata 'mahar misil dan mahar musama'.

Barangkali KBBI tidak menganggap hal itu penting benar. Meski misteri kata 'mahar politik', menjadi populer di ranah politik kontemporer. Sekalipun masih kalah *top of the pop* dengan popularitas K-pop. Salam Indonesia Unit.

Indonesia, 19/1/2018, 20/02/2023, 8/3/2023

ANTOLOGI BERCERITA

Antologi Bercerita (Part 1)

Fiksi: Kova 'sys-transisi'

Entah apa tujuan dari perilaku asing itu. Sadar atau tidak ia tak pernah paham, namun ketika keinginan itu datang, sesegera itu pula ia harus menyelesaikannya.

Kova, tak pernah tahu, mengapa dia melakukan hal itu, juga, tak dapat dipahami oleh moral logikanya. Meski dia merasa pikirannya, baik-baik saja. Dia mencoba memahami dengan berbagai cara. Tetap saja, Kova, tak pernah paham. Dia hanya merasa ada dorongan untuk melakukan hal itu. Untuk kesekian kalinya, bahkan lebih mengerikan dari biasanya.

Kova, tak pernah menghitung, sudah kali keberapa hal itu dia lakukan. Meski dia tak pernah merasa aneh pada hal selalu hadir, dia, melakukannya, lagi, terulang lagi, dengan cara berbeda-beda. Tak terduga jika akhirnya peristiwa itu terjadi. Entah apa penyebabnya. Disabilitas intelektualitas atau disabilitas orientasi kesadaran pada tujuan. Entahlah.

***

Kova, kelihatan baik-baik saja. Seperti pulang dari tempatnya bekerja. Kini, dia menuju apartemen lantai tujuh belas itu, tempat tinggalnya, sekaligus studionya. Memeriksa, mengamati detail setiap sudut ruangan tempat tinggalnya, seluruh penjuru apartemen dengan teliti secara seksama di perhatikan satu persatu, langkah demi langkah. Selanjutnya membersihkan diri dari segala hal menjadi alat-alat melekat pada sistem tubuhnya, alat bantu melakukan tindakan dari keinginannya.

Tak satupun lepas dari perhatian, ketelitiannya, dari soal pengaman, instalasi gas, listrik, kabel-kabel, camera pengintai, dari sudut-sudut penting, rawan, di ruang apartemennya, seperti biasanya. Akurasi tekno terkini mengaktifkan alarm pengaman, memeriksa voice mail, mendengarkan dengan teliti, suara demi suara satu persatu, sambari membagi perhatiannya pada informasi di media layar kaca, dari news by news, untuknya terlihat semua penting, terserap dengan cepat semua arus informasi.

"Kova, this is me," suara itu dikenalnya.

Kova, geram mendengar suara itu. Dia segera membuka sistem sys-transisi, menekan beberapa tombol singkat. "Bejana barometer itu tak juga jera! Bajingan!" gerahamnya merapat di sukma amat geram. Dia melakukan komunikasi singkat, menekan beberapa tombol sandi-sandi bahasa cubism dengan cepat, dalam bentuk-bentuk visual. Lalu dengan cepat dia mengirim gambar, rekaan-rekaan virtual. Kelihatan dia marah sekali, seperti ingin menelan perangkat-servers-sys-transisi itu.

Kegelisahan seperti itu datang pada waktu tertentu, tak terduga, Kova memutuskan keluar sejenak, membuka pintu apartemen menuju teras. Menarik nafas panjang. Melihat gemerlap metropolis. "Tekno biadab itu masih eksis," keluhnya agak ringan tak lagi menggeram. "Peniru bersistem itu masih berkeliaran," suara hatinya lebih ringan terencana, bersamaan dengan oksigen cukup banyak ke paru-parunya, memenuhi sekujur jalan darah menuju otak. "Baiklah. Kita bermain skala kurva matematis kawan," senyum itu membayang.

***

Kova, menuju kampus dengan kereta antar kota, jarak tempuh tercepat, pagi, jam sibuk, padat. Berdesakan di kereta rakyat itu, seperti biasa, dia, tidak boleh terlambat.

Perhatiannya tertuju pada seseorang, lalu, dia lupakan, setelah langsung tercatat ke dalam sel-sel otaknya. Kova, semakin dekat ke kampus, tak jauh, cukup berjalan cepat dari stasiun. "Good morning Profesor," sapa para mahasiswanya, riuh seperti di stasiun kereta.

"Selamat pagi. Detail anatomi segmen 17, telah siap. Apakah sistem sayatan jadi metode sys-transisi terbarukan hari ini?" Suara bertubuh blonda albino itu berpikir cepat berbicara cepat, dengan mata berkedip setiap beberapa detik, dengan warna bola mata berbeda pada kedua matanya.

Mahasiswanya serentak membuka perintah, seperti robotik hologram terprogram. Kova menjelaskan potongan antar sendi, hubungan syaraf perifer satu silangan menuju syaraf lainnya, serta, kemungkinan bypass pada system sys-transisi, dalam keadaan tertentu dengan metoda klasik.

"Serum penebal rasa tak perlu digunakan. Jika situasi amat darurat, pada bagian sendi ini. Kupas setebal nol koma dua, dari permukaan ke bawah kulit," hadirin senyap, paham atau tidak, Kova tak perduli. "Harus paham," tegasnya.

Menjelaskan, mendetail, pada situasi darurat. "Pembedahan, penyayatan, menjadi tak terasa jika titik sel vena ditekan oleh metoda klasik pada titik-titik pusat akupunktur secara simultan. Penekanan membaurkan penyebaran rasa sakit nyaris tak terasa seperti sayatan awalnya. Dikerjakan dengan amat cepat, diperlukan kecerdasan prima pada konsentrasi pengendalian. Agar tak terjadi tremor penyelinap, pengganggu konsentrasi pada akurasi pembedahan, ataupun penyayatan. Segera pahami. Sebelum masuk ke ruang tekno bedah berbagai pola."

"Prof. Maaf. Metoda klasik akan membuat klasifikasi pada tekanan syaraf ke otak mengejang, berakibat pada ketegangan tubuh secara permanen," suara cantik, datang dari sudut ruang kuliah khusus itu. Kova mengernyitkan dahi.

"Argumentasi ditolak. Tidak sepadan dengan objek pada tafsir intelegensi di pusat-pusat titik akupunktur elektronik sys-transisi." Kova memandang tajam dengan sangat ringan disenyumnya membayang, namun agak sedikit menekan suaranya. "I'll get you piece by piece," di benak suara Kova. Seraya menandai di pikirannya.

"Prof. Menurut saya pertanyaan itu sangat berharga untuk dipertimbangkan," suara seorang lelaki, menyergah terasa cepat memotong logika dialektika itu. Kova, cukup tenang memperhatikan mahasiswa itu, detail dalam sel otaknya menghitung akurasi prima.

"Oh, anda orang baru dengan otak lama, sedang melakukan pembelaan. Hipotesis argumentatif. Baca skema sayatan genetik klasik di bawah kulit, di kuliah saya minggu lalu. Jika anda belum mendapatkannya, mohon tidak melakukan pembelaan, empiris tak berlaku di sini, di sistem akademi systransisi, seluruh hal hidup berkaitan tak terpisahkan." Kova, mencoba mengendalikan gelegak darahnya, dengan cepat menuju otak, menghela nafas dengan tenang. "Kau sudah aku catat," gumam di hatinya. Kova meneruskan penjelasan pada segmentasi lanjutan, berikut lompatan niskala paradigma organismik skala luas.

***

Kova, ke tempat makan siangnya. "Kentang bakar, sepotong daging domba. Selamat makan Prof," suara pemilik kedai 'serba ada serba bisa', di sekitar kampus, tempat para pengajar rehat, makan siang.

"Terima kasih kawan. Daging domba ini semakin gemuk," canda Kova. "Plus coklat panas."

"Baik Prof, segera dikirim." Nikmat makan siang kali ini, dikejutkan olrh kehadiran seseorang di kereta tadi pagi. Berjarak empat meja, sejak tadi. Kova baru menyadari.

Kova sedikit membuang pandangannya kearah orang itu. "Dia aneh. Tapi cantik, seksi. Semoga otaknya semengkilat seperti kulitnya," kata hatinya.

Beberapa teman melambaikan tangan pada Kova. "Mereka kumpul di sudut itu," gumam hatinya, sambil membalas lambaian tangan mereka.

Ketika Kova, mencoba ingin kembali mencuri lihat. Orang itu menuju ke arahnya. "Selamat siang Prof. Saya orang baru di sini, tapi wajah anda begitu populer dikalangan kami," menyodorkan tangannya, berkenalan.

"Kami?" Kova, merasa aneh.

"Ya. Kami. Namaku Mannequin."

"Oh, sebuah nama terdengar unik," Kova cermat menangkap makna di balik pandangan sosok itu, lantas mereka tenggelam dalam perbincangan serius mengenai anatomi A-Struktur, dari perkembangan mutakhir transplantasi bersistem organ otak.

"Kesimpulannya bahwa memori otak menurut metoda klasik, pra-Socrates, bagian kiri atau kanan dapat diganti untuk menemukan dunia baru. No limit." Suara itu seperti meyakinkan diri sendiri. Kova, merasa itu berasal dari sebuah teori abad ke-delapan, masa ketika kultus simbolis tengah menjadi perdebatan logika non-sys-transisi.

"Semacam kurva terbalik, akibat pola misteri pada pencerapan independensi elemen-elemen sel genetik secara berkala," pangkas Mannequin, seraya kembali menelan ludah berkali-kali.

"Cerdas, namun, maaf. Agak kurang memikat," ujar Kova, sensibilitas indraja di bola matanya-mulai melihat makna-makna.

Seseorang datang menghapiri keduanya, mirip dengan Mannequin, seterusnya, hadir, menjadi empat orang, mirip, dengan Mannequin, ikut bergabung.

Kova, dari heran, hingga bingung, akhirnya menjadi agak tenang, menjadi biasa saja. Obrolan mereka berlangsung lama. Waktu sesungguhnya telah dini hari, kedai itu sudah lama tutup, akan tetapi di pandangan Kova, waktu tetap seperti tadi siang, tak ada perubahan. Teman-teman Kova terlihat masih di tempatnya.

Kedai pun terlihat tetap sibuk seperti biasanya. Meskipun sesungguhnya tidak ada apapun atau siapapun, juga kampus itu, juga kota metropolis tempat tinggal Kova, termasuk segala isinya, juga kereta dalam kota. Ruang-ruang itu nisbi dari kehidupan sesungguhnya, sejak lama, sejak ledakan itu.

Jakarta Indonesia, September 25, 2020.

Antologi Bercerita (Part 2)

Episode.
Setan Makan Setan

"Sudah kau plester mulutnya?"
"Kenapa harus di plester."
"Supaya tak ngoceh-ngoceh."
"Berbahaya? Jangan risaukan mulut."
"Maksudmu?"
"Biarkan dia bernapas dengan mulut?"
"Jadi?"
"Plester saja hidungnya."
"Kalau dia mati?"
"Tak apa. Kan mati karena mulutnya."
"Absurd."
"Lebih bahaya kalau dia mati karena hidungnya."
"Maksudmu?"
"Bisa di pidana kita."
"Miring rupanya otakmu. Sama kawan."
"Tak paham kau."
"Terbalik! Kau, tak paham."
"Apa salahnya kalau dia mati karena mulutnya."
"Sama!"
"Beda, lah."
"Apanya beda. Mulut atau hidung, bisa bikin mati. Pidana kita."

"Jadi?" Serentak saling bertanya. Keduanya menghela napas. Lalu keduanya serentak. Menghitung dengan jari masing-masing.

"Hidung?"
"Mati. Pidana."

"Mulut?"

"Mati. Pidana." Keduanya saling melihat.

"Mulut atau hidung. Pidana?" Serentak saling bertanya.

"Ya." Serentak lagi dengan jawaban itu.

"Wah! Rehat dulu kita."

"Keburu dia sadar dari pingsannya."

"Makan dulu lah, lapar perut."

"Sama. Bahaya, kalau dia sadar belum di plester salah satunya."

"Mulut atau hidung."

"Salah satu lah."

"Oke. Mengundi jari, kita. Kau jempol, jika aku kelingking, aku kalah."

"Kalau sebaliknya."

"Kalau dibalik?"

"Iya lah."

"Kau kalah."

"Alamak. Artinya dibalik atau tidak sebaliknya. Aku tetap kalah."

"Iyalah. Kau, tadi, baru saja bilang begitu."

"Ini. Bahaya. Setan makan setan, namanya."

"Ya berbeda, lah."

"Dimana bedanya?"

"Dibalik atau tak sebaliknya."

"Mampus! Kau kalah. Biar aku plester saja hidungnya."

"Stop! Jangan! Tidak bisa. Bagaimana bisa. Itu keputusan sepihak."

"Iya dong!"

"Kan cuma ada, kau, lalu ada aku."

Keduanya terdiam. Sementara, si pingsan samar-samar ada gerakkan serupa menggeliat. Keduanya memperhatikan. Temaram, pandangan keduanya.

"Ambil senter aku bilang. Cepat! Dia geliat-geliut. Bahaya!"

"Pakai telepon genggammu, ada senter lampunya kan di situ, include." Lantas temannya memperhatikan telepon genggamnya. Dibolak-balik. Diputar-putar, dilihat sebaliknya, di balik lagi dilihat lagi.

"Tak ada." Jawabnya.

"Ada. Coba aku lihat tipe telepon genggammu." Temannya menyerahkan telepon genggam. Penerima terkesiap. Shock, mulai was-was. Lanjutnya.

"Tak ada senter lampunya rupanya model teleponmu."

"Ada! Tak cerdas kau."

"Nih! Lihat! Ada senternya nggak." Seraya menyerahkan kembali telepon itu. Lalu si pemilik dengan cekatan membuka layar, menahan kesal. Blink!

"Nah! Kau Lihat! Nyalakan senter lampunya." Tak berapa lama cahaya di layar telepon itu meredup cepat, seketika padam. Telepon itu mati total.

"Hahaha." Keduanya terbahak-bahak.

Lantas ruangan itupun tak ada temaram, gelap total. Keduanya pun mati. Si pingsan tadi hidup. Bangun perlahan-lahan. Sangat tenang. Lantas dia pun seketika mati, di makan ruangan itu.

Indonesia, 28/09/2020, 01/03/2023.

Antologi Bercerita (Part 3)

Episode:
Metodologi Sekilas Sebalik

Memilih menulis dengan pena, ia tak ingin tercemar frekuensi radio aktif infra merah, ia ingin tetap sehat, tak ingin otaknya mengecil. Tak saja itu, ia tak ingin terdata dalam pelariannya. Meskipun frekuensi menghidupi dirinya, dalam pengasingan pelariannya. Jadi, tak ayal lagi tak mudah pula untuk memperlihatkan diri, di arena publik, kecuali, ia inginkan.

Di tengah isu massal oral-isme kaum pemburu, akan tetapi bukan dia kalau tak mampu bersiasat, satu-satunya system-aura sempurna dari semua system telah dicipta. Hal itu membuat pula, ia semirip tokoh penting paling dicari raib di kolong meja, molos bersistem oleh system. Tak ada satu pun mampu membayangkan jika tafsir menjadi terba-lik, si pena akan fight back, tak ada pula mampu memba-yangkan kemarahan si pena, akan menjadi bumerang tektonik, merangsek sesingkat detik, jika ia terancam.

Karena si pena, tergolong makhluk hidup, tak terduga hasil dari, system-pembuatnya, kewalahan tak pernah sampai mengejar, tak mudah menentukan klasifikasi hidup si pena, kecuali berpredikat, makhluk, tak ada istilah terte-pat untuk jenis makhluk semacam si pena, mesin bernyawa, atau robot canggih atau alien, di antara kehidupan, normal, sekaligus di antara keluarga system-pembuatnya, termasuk di kasta kekuasaan tertinggi dari kaum system-pembuatnya, dibikin repot, banget deh.

Pengarangnya sendiri dibuat pusing, kehilangan arah dalam kisah rangkaian literasi alur cerita, karena memang si pena, sesungguhnya tak ingin tampil berperan. Namun, bukan pengarang kalau kalah oleh bentuk peranan tokoh tengah bertengger di ubun-ubun, terus menguap berkisah-kisah, sulit memprediksi, ketika peranan berkelit saat akan dilahirkan.

Sementara, ia sebagai pengarang terus dicurigai, langkah demi langkah dikuntit oleh system pengawasan-telah kehilangan daya keyakinan, tak mampu membedakan, apa, siapa, personalisasi publik orang per-orang, pilihan-nya, apapun, itu, termasuk makhluk serangga sekelas nyamuk, sekalipun, wajib dicurigai, hal itu semata karena sebuah kelemahan, dari the moral of system, di dalam-system. Untuk apa memelihara ketakutan ataupun kecurigaan, akan, memicu hipertensi lebih cepat.

Meskipun system menyadari, juga pengarangnya-mencurigai ciptaannya, merupakan suatu kemunduran, dari kepandiran, sebab pula, hal pandir itu tumbuh, dari, akibat sebaliknya, di karenakan terperangkap pobia sifat-sifat molekuler, ketakutan amoral dari system itu sendiri, mempengaruhi getar-getar frekuensi, terpola telah berpotensi terpolusi, tak jernih, sebab kejernihan, juga termasuk telah menjadi kelangkaan.

Sulit, memang menentukan arah intelegensi ber-system dalam tatanan paripurna, jika polusi kata database, berputar-putar, di pusat kendali syaraf-syaraf anonim, terkesan kelebihan beban, serupa represi pada akumulasi interaktif antar sistem, lantas ketika sebuah komedi satire memainkan kata-kata, langsung terdeteksi sistem pengawasan.

Mau kemana sesungguhnya seolah-olah hidup dalam sistem kematian, demikian pula dengan kematian seolah-olah hidup dalam sistem-kehidupan, keduanya, merupakan siklus telah lama teradaptasi di sel-sel, di slot-slot, detik berdetak-ketakutan amoral, lampau, di tengah pertumbuh-an subur system amoral-mencemari bimasakti.

***

Pusat Keramaian Menjelang Tengah Hari.

Langkahnya, baik-baik saja. Normal saja, tak terlihat perbedaan-dari makhluk hidup kebanyakan.

"Selamat siang tuan," sapaan itu tak membuat dirinya mendongakkan kepala dari duduknya, tangannya terus menulis dengan pena, sekilas tampak lambat, terlihat nor-mal saja gerakan tangan itu, tapi sesungguhnya amat cepat.

"Tuan? Selamat Siang." Si bertanya, belum terlalu memperhatikan benar si pena, si bertanya, menoleh ke kiri, ke kanan, mengamati, memperhatikan pengunjung pusat keramaian, terus simultan bergiliran, bergantian untuk menikmati waktu makan siang.

"Tuan? Selamat Siang?" Si bertanya, sembari menoleh kiri-kanan, mekanisme rutinitas, memperhatikan pengun-jung keluar masuk, tunjuk tangan, memanggil-manggil, beragam suara, beragam rupa, di tengah kepadatan, rutinitas itu.

"Selamat Siang Tuan?" Si bertanya baru menyadari, perlunya melihat, ketika bertanya, ia kaget, karena sosok ber-pena di tangan, tersenyum kepadanya. "Maaf tuan. Selamat Siang."

"Selamat Siang kembali." Baru, si bertanya menerima jawaban.

"Maaf tuan."

"Tak perlu minta maaf. Sudah sejak anda bertanya. Saya menoleh, melihat anda."

"Maaf tuan." Suara si bertanya, perasaannya tak nyaman. Sosok itu kembali menulis dengan pena di tangan. "Maaf tuan," lanjut si bertanya.

"Ya. Ada apa." Sosok itu menjawab tanpa menoleh.

"Mau..."

"Pesanan saya tak lama lagi datang." Si pena, menyergah lebih cepat, namun dengan suara normal saja. Si bertanya, membalikkan badan, sembari bersungut-sungut.

"Terima kasih," jawaban si pena, terasa memekakkan telinga si bertanya, padahal si bertanya, telah melangkah cukup jauh, terus melangkah menuju tugas-tugasnya.

Tak lama si bertanya merasakan sesuatu di tubuhnya, bergeliat-geliut seperti akan limbung, tapi ia acuh saja, terus melakukan tugasnya, mondar-mandir kian-kemari, dari meja ke meja. Tak berapa lama, kemudian, tubuh si bertanya melenyap perlahan-lahan, tanpa disadari.

Indonesia, 02/10/2020, 04/03/2023

Antologi Bercerita (Part 4)

Episode (4)
Metalurgi Sarkofagus

Solilokui, carut marut durjana itu masih di angkasa, peta konflik macam apa ada di kepala kau, masih bermain di balik bayang-bayang, rotasi publik berputar di khazanah. Mata terpejam, hati tertutup, muka batu mampu berkata dialektika adalah? Perdebatan kaum banci masih di angkasa, kaum pencuci mulut para badak.

"Habisi."
"Tak semudah sangkamu."
"Habisi."
"Tuan?"

***

Perbandingan, istilah pasaran gunung es terbalik, mudah terbaca.

"Tapi. Tuan."
"Aksioma, jungkir balik."

Makna tak mungkin terjawab. "Habisi." Memutar kepalanya tiga ratus enam puluh derajat. "Sekarang." Kembali memutar kepalanya seperti awalnya.

***

Paradigma, sekadar buang hajat. Epilog, kembali pada prolog. "Habisi." Perangkap tikus belum dimainkan. Orasi tak menuai langit.

"Agatha!"
"Di mana kau letakkan pisau bedahku."

Terperanjat merajut tangan sendiri. "Di kepalamu." Memotong beberapa jemarinya. "Ini." Sambungkan kalau kau mampu. Minggat begitu saja.

Deras hujan di luar. "Agatha?" Membahana gelegar petir. "Agatha."

***

"Aku bilang, habisi."
"Peranan belum jungkir balik, tuan."
"Kalau begitu lepaskan."
"Bagian utama, tuan?"
"Seluruhnya! Kau dengar?"

Cuaca sangat bersahabat, tak mungkin melakukan seperti maumu. Baiklah. Membuka sejumlah arsip. "Namamu?" Tanpa menoleh, liur sudah menetes.

"Agatha." Menggeser meja.

Bola matanya terbelalak, bergerak cepat kian kemari. "Atau ada nama lain?"

"Agatha, saja, tuan."

Terdengar pintu dibanting, di ruangan terdepan, berbunyi sangat keras. Menggema waktu, "Pandir! Si pandir itu. Keterlaluan."

"Maaf! Tuan! Publik sulit di kendalikan."

Marah besar, di dekatkan wajahnya. "Aku bukan tuanmu. Catat! Dia tuanmu. Paham?" Bola matanya keluar masuk, belek meleleh kepipinya.

"Tapi dia semirip tuan."
"Aku, bukan tuanmu."

***

"Agatha?" Tak ada siapapun di tempat itu. "Kalau bilangan seperdua, terpecah lagi, menjadi beberapa angka, pembagian perbandingan, apakah masih memperolah satu pangkat dua? Berapa nilai epilog berbanding jumlah akhir pengadeganan."

"Kembali pada tafsir, tuan."

"Aku, bertanya pada, Agatha. Tidak padamu."

"Jemarinya sedang dirajut untuk disambungkan kembali, tuan."

Agatha, tak hendak memahami, meski rasa sakit tak lagi punya. "Diruang ini tak ada siapapun. Hanya kita berdua." Perangkap tikus telah terpasang di semua penjuru tempat itu.

"Siapa memasang, itu, semua."

"Aku."

"Siapa, manusia jelek, baru saja mengumbar dialog?"

***

Mendelegasikan, kepada massa ambang, kepandiran pangkat satu tak merujuk pada jumlah simbolisme kurva berlawanan, secara matematis. "Oh! Anda masih bermain domino!" Ruangan berbalik vertikal.

"Itu disebut makna empiris."

"Aksioma?"

"Mati suri."

"Target?"

"Habisi."

"Tidak mau!" Berbalik, melangkah keluar.

"Stop!" Terus melangkah menuju keluar, membanting pintu keras sekali. "Daar!" Pintu terbelah, dia ngeloyor tak peduli. "Stop!"

Dia berbalik, memutar kepalanya tiga ratus enam puluh derajat. Ruangan tertutup, pintu terbelah merapat lagi.

Indonesia 08/10/2020, 24/02/2023

Antologi Bercerita (Part 5)

Episode (5)
Mata Malaikat

Lorong Perpustakaan Tengah Hari
Lengang waktu ini. Ada desir asmara dari kesemerbakan searoma parfum, ini bukan bunga itu, bukan, sebagaimana lazim baunya, berpapasan, dari sudut mata, aku, melirik, bola mata itu sekilas melirik pula, hah, ha-ha, amboi. Senyum itu menyeringai manis, sedikit, terlihat blur, di cuaca menuju musim semi.

Memilih beberapa buku di perlukan, memilih meja agak menyudut mendekat ke-jendela di celah antara, rak buku memanjang ke-Utara, pintu menuju ruang berikut. Hari ini membutuhkan sepi agak lama, mungkin beberapa jam.

***

Bau parfum itu lagi, dia agak menepi, terasa mata itu melirik memperhatikan detail, semakin manis, meskipun terlihat jelas lebih kejam, dari sisi ia berdiri, di tengah antara dua rak buku, memanjang ke-Timur, ia, menyelipkan tubuh, tapi sudut busana cantik itu tertangkap, seperti memanggil namaku.

Hmm, meskipun arah menyilang dari kedudukan ia berdiri berlawanan dari deret, rak, arah ke-Utara, tak menghalangi rasa, dari suara kami masing-masing, saling membisikan kekejaman oligarki manipulatif, dehumanisasi-akan merajam tubuhmu, kau akan merajah tubuhku pula, sedekat waktu ini, manisku, bibirmu mendadak jadi coklat, itu pertanda kau anak darah dari Rasputin.

Rupanya ia telah tiba mendahului, bergegas tadi rupanya "Baiklah, apapun maumu," benak kepala mencoba mengendalikan benak hati melolong purnama, apakah harus semanis madu? Sekarang ia mengambil tempat berlawanan dari sisi mejaku, posisinya juga sedekat jendela.

"Ya, ya, sama-sama bisa saling mencuri gagasan sudut pandang, siapa akan menjaring sensor kebiadabanmu, dari sini, aku, bisa dengan lengkap melukiskan dirimu, terbantu terang menyilang dari bias cahaya jendelamu, aku pun demikian, terlihat dari tempatmu kan, artinya, kita mampu saling memukaukan aktual diri, setajam bilah belati terhunus sebentar akan membelah nadimu, siapa cepat dia dapat, anarkisme, di hatimu bergolak, sebagaimana kau baca aku, dari lirikan matamu."

"Oke, siapa kita, masing-masing, kau durjana atau aku pengkhianat, atau kita keduanya, bukan salah satunya," menghela pikiran setara jalan napas. Menggelegak darah di puncak ubun-ubun, biarkan, kalau kau pemberani, ini saatnya, meledakkan kepala masing-masing.

***

Ruangan Perpustakaan Sore

Tumpukan buku di mejaku mungkin terlihat sama dengan tumpukan buku di mejamu. Lama kelamaan kami ada di antara tumpukan buku-buku, kami, saling terpukau oleh bacaan masing-masing, orang-orang di perputakaan berkurang satu-persatu, waktu ngeloyor menuju pukul penutupan perpustakaan.

Kami buat, perpustakaan ramai pengunjung, waktu terus berputar dari awal buka, hingga tengah hari, terus menuju sore sebelum perpustakaan tutup, membuat nyamam pengunjung, tak terasakan siklus putaran waktu cepat-presisi seperti semula, kala pengunjung datang ke perpustakaan, waktu ini membuat mereka lupa pulang.

Kami hanya saling memandang dengan sudut mata melirik, tak pernah saling bersentuhan, dengan jarak duduk di interior perpustakaan ini.

Aroma parfum, desiran asmara tipis-tipis, terasa terus membuai ke-ruang pori-pori mimpi, saling memagut, kehangatan tergambar di serebrum, serupa film khayal mabuk kepayang tak bertuan, kaum siluman akan saling memangsa, di perpustakaan ini.

Adegan berjalan dalam estetika, membuai waktu putaran ekliptika membaurkan rasi bintang dalam serebral, membuat kami, dalam bola mata malaikat masing-masing, rasa ingin saling mereguk keindahan, menyala manis, melintas, Edgar Allan Poe, meninggalkan kesan pada kami, momen perasaan cantik itu, seketika, tak pernah terjadi apapun, meski, telah terbayang di ufuk mata.

Indonesia, 22/10/2020, 08/03/2023.

Antologi Bercerita (Part 6)

Episode (6): Kosmikofobia

Episode, kesangsian dari sekian habitat kemaslahatan jungkir balik simpang siur melompat-lompat. Pertanyaan tak penting lagi, kewaspadaan tak penting lagi, ketika, aklamasi bergulat dengan aksioma, sublimasi-sekadar awan panas selewat kata, di hati, ataupun tak penting lagi. Paradoks memaki idiom ataupun kebencian mendulang angin, membuncah ke langit literasi, aksara kepura-puraan menjadi cerita sunyi kosong melompong, seolah-olah tak kenal pada ruh dalam tubuh.

Konflik, menjadi bunga setaman, kemuning indah arak-arakan berselingan krisan pewarna natural di sodok mawar berduri, dalam belukar seakan-akan tak berluka cuaca, meski peristiwa telah terjalin dalam satu sikap kesadaran, menjejak bumi langit di junjung, seketika seolah-olah inti penciptaan tak pernah tahu tentang kepura-puraan, dianggap tak ada, meski spirit mengemuka bagai papan reklame kisah-kisah dari abad pembawa kesucian di kebenaran, siapa makhluk ciptaan, gemar sembunyi di balik aksara dalam deret hitung literasi.

***

Hipokrisi, tak pelak lagi tak terpisahkan dari ruh di badan, seakan-akan memasak jantung di balik hati, pesanan cepat saji, sesuai memoar risalah menu-tertulis, hati memerah ataupun berubah-ubah, seperti, tak satupun tahu, sekalipun diri sendiri, seolah-olah, tak akan menjadi karma, seperti kepura-puraan pula, ataupun hal telah berlaku dalam tindakan masa waktu, meski darah di daun saga, telah melukai, pencerahan-tak ada pada keberpihakan ataupun pada kepura-puraan, hanya ada pada ketulusan, dalam ikhlas, bukan pada alegori nurani sangkaan-sangkaan, jalan tengah tak berguna-di saat waktu tempuh berubah, rupa, menjadi melankolis oportunistis.

Sulit berdamai dengan jiwa sendiri, ketika komitmen telah terperangkap dalam pilihan warna nirmana degradasi dari komposisi tak lazim sebagaimana, seharusnya, bening. Apakah, iman tak lagi bisa bicara ketika pemilik hidup memutuskan-menyatakan, sekantong bintang bagai jatuh dari langit, sekira dugaan, tanpa capur tangan malaikat penjaga nurani-padahal itu risalah langit terpujikan mendadak sontak datang menguji ke-iman-an pemilik ruh dalam tubuh, tak sekadar segentong anggur rembulan kebijaksanaan.

***

Akrobatik atribut berkerumun melintas menyemut di hadapan diri sendiri, bersuara mantra-mantra "Wek! Wek! Kusir! Kasur! Kuncir! Wek! Wek! Dum! Dim! Dum! Dem! Dom!" Kalimat beru-lang-ulang dalam derap konfigurasi, sosok tafakur, menyesali diri.

Sosok itu membuka rongga dada, merogoh jantungnya, secuil saja, lantas membaui kehidung mencicip di mulut, ngobrol dengan jantung sendiri "Ups! Tak sedap seperti kemarin lusa beberapa waktu lalu, lama, lampau sekali. Jangan seolah-olah paham kalau tak paham, jangan memahamkan kalau belum mendalami kemaslahatan urutan sejarah benar, tak sekadar hapalan teoritis-memfosil, sebaiknya buang teori kantong sampah, hakikat inti dari makrifat kebaikan di kebenaran, tak ada dalam diskursus" benak di hati menggumam, lari di kepala bolak-balik dari otak ke-hati, ke-jantung, sebalik, bolak-balik, malang melintang, bersimpangan, berkesiuran.

***

"Oh! Salah. Bukan jantung. Oh! Ini hatiku. Ehem, baru sedap, nikmat kali bak arak dari tanah surga mantra bertuah. Pergilah dari tanah adat kerantau kaki langit! Jujurlah pada keadaban! Jangan kau khianat pada adat purba tetua tradisi moyangmu! Kalau kau langgar, sakral akan berbalik jadi harimau, menelanmu. Hakikat kebenaran tradisi takkan menolongmu, kalau kau khianat pada sesama, sebagaimana telah diajarkan turun temurun. Camkan itu!" Sosok itu langsung menelan hatinya, senikmat kata perasaannya. Jantung secuil di ujung jari-jarinya, dia tambalkan kembali di tempat semula, laiknya ban tubles.

Bernyanyilah dia, pada semua arah mata angin "Ohoi! Ohoi! Kembalikan ruhku! Nadiku!" Mata melotot memerah akan meledak. Glar! Matanya meledak, dia, terbahak-bahak "Ini lebih nikmat, lebih baik tak punya mata, biar otakku mati tak merawat ingatan, lebih asyik tak punya mata! Ohoi! Ahoi! Ahoi! Tak guna kau kayuh sampan, jika biduk berputar-putar di pusaran."

***

Dia terus bernyanyi, mata itu kembali pulih. Benda bagai bejana berhubungan kian kemari bersambungan kesemua organ tubuhnya, tumbuh begitu banyak kembang pengantin. Berbagai warna berbagai bentuk beragam wangi mengudara.

Nyanyian kasih sayang tanpa cinta, atau sebaliknya, hanya ada amuk bagi diri sosok itu, dia, memandangi kaki langit dengan kelembutan sukma, mengamati berbagai arah mata angin, tak pernah jelas untuk apa "Mataku pulih kembali, gang ging gung! Sial!"

Jakarta Indonesia, November 21, 2020

Antologi Bercerita (Part 7)

Episode (7): Sebelum Musim

Negeri jauh 1882-1964: Tidak pernah sekalipun menjamin hidupnya akan panjang umur, dia tidak ingin terpisah, ataupun dipisahkan oleh apapun, dari perasaan cinta kekasih jiwa, telah menjadi ruh di badan. Hanya ada dua pilihan, mati sendiri karena usia, atau, mungkin saja, menabrakkan diri ke gerbong kereta berkecepatan tinggi, telah berjanji, akan membawa mati perasaan dalam jiwa, apapun itu.

***

Periode 1882-1917: Setelah sakramen pernikahan agung, cahaya gemerlapan memenuhi sublimasi keabadian cinta dari-Mu, ya Bapak Segala Maha, merekah semua bunga dari surga, nyanyian rohani menulis tentang bahagia, dunia kami menjadi semesta doa, akan datang di antara kami, kekasih cinta dalam berkat kudus.

"Nev, cumbu aku di sini, sekarang di bawah rindang musim semi, jangan risaukan apapun, lepaskan sejenak tentang politik, perang-konspirasi itu." Kecupan di kening, syahdu, pelukan hangat, Nev, menghentikan suaraku sejenak.

"Nev, reguk aku sesuka kau mau, ini cinta menyala-nyala, pegang lembut perutku, ia ingin secepatnya memelukmu." Kali ini bibirku menghangat, oh, aku sangat mencintai lelaki ini.

Suara Nev, membisik "Kau mata air surga di jiwaku kekasih."

"Nev, rasa hati dalam detak jantung mungil ini, serupa denganmu, tak berapa lama lagi ia akan melihat abadi kasih sayang untuknya, di antara cinta dalam jiwa kita." Langit merona warna nirwana, kelopak bunga musim semi bagai gerimis di antara jiwa sewarna jingga.

Ketika cuaca menentukan waktu, suara mungil keriangan di antara cinta keduanya.

***

Periode 1882-1915: Musim membekukan semua bunga, pepohonan, dedaunan, danau kecil di tengah taman, memutih oleh musim, termasuk semua kursi taman, tempat bercengkerama tentang kita, janji cinta dilarang larut oleh waktu, kecupan pertama terus menghangat di bibirku, "Di bibirku juga." Jawabnya, merangkul bahuku, sekecup lagi ciuman hangat terasa pas, di bawah telinga, di bagian sensitif itu. "Sengaja, biar kau tergelitik, percaya padaku, Nev."

Jemari cantik menyentuh dagu. "Lihat, pandang mataku, kau melihat bola salju akan melindasmu, kalau tak percaya." Percaya, selalu percaya, meski satu jam lalu aku melihatmu sepintas, sekelebatan, kau, dengan pria muda itu, mengapa suara ini seperti hantu terus menerus menguji otakku, ini sebuah permainan dari interlud imaji, tolong, jangan muncul selalu, jiwaku mencintai perempuan ini, bukan perasaanku.

"Kau bisa percaya padaku, kekasih, atau kau tengah memainkan peran ganda dalam benakmu."

"Jadi kau percaya, kecupan itu menenggelamkan perasaan kita jauh ke dasar jiwa, abadi. Nev, kau lihat, di musim sedingin apapun ini, tak ada lain, kau bara peng-hangat cinta kita." Pelukan itu, membuat musim tak mengedipkan mata, cemburu, mungkin, melihat kami. "Nev, jangan lepaskan apapun dari jiwamu, peluk aku lebih erat."

Cinta hangat ini, serupa senjata berat tank baja memberondong jantungku, berdebar-debar, tak karuan, berkecamuk revolusi berbagai hal, realitas itu, aku melihatmu, beberapa kali, bahkan berkali-kali. "Suara, apa kau tak memberi toleransi sekedip mata saja, biarkan aku terus mencintai perempuan ini dengan jiwaku!"

***

Periode 1882-1932: Berdentang lonceng rumah ibadah keabadian semesta doa, di kota kecil ini, mengingatkan banyak hal, ini bunga kesukaanmu, masih segar seperti pesanmu, "Belilah selalu bunga di toko bibi Anna, jangan bunga lain, selain bunga ini." Ya, aku penuhi semua pesanmu, "Jangan lupa makan sebelum selesai menulis." Bergegas ke dapur, gaun tidurmu aduhai tergerai lepas mengalun, menggelombang deru memburu, diterpa angin dari jendela, terperangkap kisah secantik musim.

Sembari menyeduh coklat untuk kita berdua, tak lupa seminggu sekali meluncur kalimat kesukaanku dari bibirmu, "Cukur bersih janggutmu, tipiskan kumismu, kau lelaki milikku. Apakah aku perempuan milikmu, Nev?"

"Kev, sejak pagi sudah melaju bersepeda ke sekolahnya", membisik kalimat terakhir itu, pelukan kesucian jiwa.

Kita, selalu ingin tergesa-gesa melambungkan gemin-tang ke angkasa, menerbangkan pesawat kertas di antara awan-awan meliuk-liuklah dalam badai tak ingin cepat berlalu, hempasan hujan, gigitan dingin setiap musim, mengguncang cuaca perubahan imajinasi, meledaklah halilintar, membakar tepian dermaga, hingga karam semua kapal uap, menepilah perahu.

Di tempat itu kritik mengalir deras dari bibirmu, bagian sebelum akhir dari novelku, tak seharusnya, aku mengadili nasib lelaki dengan sepenuh jiwa telah mencintai perempuannya, meskipun cinta itu senantiasa membara prasangka, kecurigaan, cemburu, tak pada tempatnya.

Kau teguh tak ingin bergeming, kritik melumat cumbuan, dari beberapa karya tulis telah-akan terbit, kerepotan kita pada kesehatan cinta, semesta itu senantiasa leluasa, kami lelap dalam bening cinta itu, tak terurai sepanjang masa.

***

Periode 1882-1963: "Ini bunga, bukan bunga lain itu, seperti pintamu. Apakah kau sudah memaafkan aku, nisan ini semakin tua, jelek, buram-kusam, tapi tetap batu pualam, seperti maumu."

Setiap kali aku menggosok-gosok nisan ini, dengan saputangan bersulam namamu pun sudah blur warna di sulaman ini, tak lagi warna lembayung, setiap waktu itu, kita, saling membisikkan satu kata, sakral, serentak, selalu, "Saling mencintai dengan jiwa."

Batu pualam ini, tetap nisan berkilau-kilau, meski, hanya memantul sedikit. Boleh, aku ganti, kalau aku telah berbaring di sampingmu, katamu. "Bagaimana cara aku mengganti, kalau aku terbaring di sisimu, kekasih."

"Lepaskan Papa, biarkan aku mengganti seperti keinginannya." Suara Kev, di belakangku, bersama Anna, cucuku, juga Anna, isterinya, menemani. Keluarga Kev, telah menjadi keluarga pengajar sains."

***

Pada 1964: Cinta, misteri, hidup, biarkan keagungan alam menyimpannya. Di antara lalu-lalang publik, dia, terlihat du-duk setenang hati di kursi tunggu penumpang trem listrik di kota kecil negeri itu, entah, mungkin selamanya atau sejenak menunggu waktu keberangkatan, sebelum musim dingin.

Perempuan, memungut sebuah buku, terbuka, tertelungkup, dekat kaki kanan lelaki itu, jelas terbaca judulnya, mungkin terjatuh dari pangkuan, kepala menunduk, sepertinya tertidur pulas, ada, secarik kertas tertindih buku itu, "Nev, abadi cinta kita dalam jiwa. Karenina", menyelipkan kembali potongan kertas itu di halaman semula-sepenuh jiwa, meletakkan buku di pangkuan lelaki tua itu, mengecup keningnya, lantas berlalu, mungkin menuju musim dingin.

Indonesia, 18/01/2021, 27/02/2023.

Antologi Bercerita (Part 8)

Cerpen: Mitos Senja

Pohon itu mati sejak lampau, kini bagaikan patung zaman tegak ke langit. Berada di antara perbatasan hutan liar bersejajar hutan pinus. Mitos telah berkembang, umumnya menyebut pohon kutukan berbagai akibat, bergantung pada keniscayaan terkembang waktu.

"Tak ada lagi pohon itu." Perlahan bergetar suaranya.

"Pohon mati, dimitoskan karena perbuatan setan." Lebih perlahan, lebih bergetar, tubuhnya pun gemetar, berbagai kaleidoskop simpang siur, tumpang tindih di ingatannya. Kedua sahabat itu saling memeluk bahu.

"Jantungku super dag dig dug Kadrol."

"Sama."

"Penyakitmu kambuh lagi. Bahumu sedingin es."

"Kau juga Patrol."

Keduanya bersegera mengatur napas. "Bareng... Dua kali lagi."

"Uhuu... Lagi, lepaskan napas perlahan-lahan. Huuu..." Keduanya, memandang satu titik fokus, tempat dimana pohon itu pernah tumbuh, lantas sirna tanpa sebab, serupa munculnya taman kota, keduanya tengah duduk di salah satu kursi taman itu, kini.

***

"Dia mengalami hipotermia." Setelah kalimat akhir dari petugas medis itu. Tubuh Kadrol, membiru, menghitam, lantas retak perlahan berkeping bak kristal. Kadrol, dinyatakan mati akibat suatu pola dari segmen lingkaran misterius.

Petugas medis menjelaskan secara saksama, perlahan satu persatu, hingga Patrol dianggap mengerti. "Wah. Jadi semcam hukum sebab akibat kah, hal dialami oleh sobat saya itu?"

"Bisa dibilang demikian, terperinci kurang lebihnya."

"Anda sangat yakin menjelaskan kepada saya."

"Keyakinanku, seperti suara pandir tergaduh dugaan anda."

"Maaf tuan petugas. Bukan maksud saya menduga-duga diagnosis anda. Pola misterius itu, maksud saya, sebenarnya. Tidak, sama sekali bercuriga pada diagnosis itu. Hanya saja..."

"Anda tidak terlalu yakin dengan penjelasan dari diagnosis itu kan? Demikian maksud anda."

"Sama sekali tidak demikian, hal dari maksud saya..."

"Bisa anda jelaskan?" Bertendensi krusial.

"Begini..." Petugas menjelaskan sangat serius dengan suara amat perlahan, serupa berbisik. Hanya langit bisa mendengar. Tak berapa lama keduanya cekikikkan. Lantas saling bersalaman. Lalu saling berbisik serius. Lantas terbahak-bahak.

***

Perdebatan dua sahabat itu telah bergeser dari pola satu ke lain hal, hingga semakin kusut otak mereka. "Kamu sudah dinyatakan mati, bagaimana mungkin kau muncul di taman ini, menghubungi aku untuk kita saling jumpa. Gila kau!"

"Itu disebut siasat sobat. Kau tak pernah melihat jenazahku kan?"

"Hahaha..." Keduanya semakin terpingkal-pingkal.

"Pandir betul otak di kepalaku hahaha..." Terpingkal-pingkal hingga kursi taman tempat mereka duduk tercelentang. Mereka terus terbahak-bahak.

Saling menunjuk. "Cerdik! Kerja per semester! Lumayan!"

"Hahaha..." Meledak ngakak, keduanya.

Jabodetabek Indonesia, Mei 07, 2022.

Antologi Bercerita (Part 9)

Cerpen: Kultus Zigot.
Akibat sinaran radiasi spektrum, dia tumbuh menjadi gen terkait sel invalid-menjadi gigantik dengan kepekaan intelegensi tak terduga.

"Ini tak mungkin terjadi. Perpaduan itu barangkali penyebabnya."

"Bagaimana mungkin!" Kesal. Menyesal.

"Tapi dia memiliki sensibilitas prima melebihi makhluk pada umumnya di kemudian waktu."

"Semacam instingtif?"

"Bisa dibilang begitu."

"Serupa tapi berbeda."

"Gawat!" Keduanya terperangah.

***

Perkotaan berjalan kehidupan sebagaimana lazimnya. Perdetik terjadi korban serupa pembunuhan identik. Darah mengering, tubuh si korban kempis melekat ketat seperti lem sepatu di tempat jenazah ditemukan. Tak semudah membaca telapak tangan, menyelidik serial misteri pembunuhan itu.

Petugas ahli perubahan mikroorganisme gigantik, pusing berkeliling di otak mencuat ke serambi kepala, terasa bagai pecah berkeping. Petugas penertiban kota setempat menganggap hal itu kriminalitas umum, bukan kasus luar biasa.

Standar prosedur, mati akibat dibunuh, pelaku tak terungkap, misterius, selesai. Kasus ditutup. Namun, jika mau sedikit lebih saksama, apabila mengamati gejolak kejadian kejahatan tersebut, terurai terbuka berkesinambungan.

Sosok korban terlihat di tempat umum, tidak disembunyikan, tak ditemukan pula unsur sidik jari tangan ataupun kaki, tak pula ada cercah jejak apapun. Sekeliling mayat bersih terkendali, situasi sekitar korban baik-baik saja, tak ada apapun porak-poranda atau fakta muskil sebagai petunjuk awal.

Lama kelamaan kepanikan kota semakin terasa. Pada jam tertentu terjadi kemacetan luar biasa, total. Akibat penghuni kota serempak pulang, selepas kerja. Barangkali paranoia massa telah terpicu kejadian serial pembunuhan misterius itu, bergulir hari demi hari. Klakson berteriak nyaring gegap-gempita berseling sirene ambulans.

Bagaikan yel-yel anarkisme pengganggu ketertiban umum, seolah-olah tak ada lagi pantun perduli tutur gurindam. Menganggap puisi modern lebih efektif untuk sekadar berteriak, di tengah moral berpikir tertib normal, baik-baik saja.

Tertampak pola konsep cara pandang terperangkap tong kosong nyaring bunyinya, terjadi kelangkaan berpikir kritis teruji. Gagap semesta serangkaian sosok yel-yel itu, ketika, kaleidoskop historis melempar pertanyaan moral sangat sederhana, mengenai tata laku kesantunan di ruang publik.

***

Meskipun kota telah terjadi panik massal akibat peristiwa pembunuhan misterius, petugas setempat belum berhasil mengungkap pelaku kegilaan itu. Sekalipun telah bekerja siang-malam, sambung menyambung, bersatu teguh agar tak runtuh oleh misteri peristiwa tersebut. Semakin hari bertambah kecepatan korban, berguguran.

Jam malam di berlakukan, kota dalam keadaan darurat. Patroli kendaraan keamanan bersenjata berat pada jam malam, ketat sambung menyambung, tak ada ruang bagi pelaku pembunuhan, untuk lolos dari lubang jarum.

Namun, sebaliknya petugas ketertiban kota bagai mencari noktah di tumpukan jerami. Hingga terjalin kerjasama dengan para ahli genetika terlangka sekalipun. Namun, tak jua ditemukan pelakunya.

Jabodetabek Indonesia, May 18, 2022.

Antologi Bercerita (Part 10)

Cerpen: Garizah Rembang Petang
Nyanyian Pupus Kenangan.
Elok mata, tak melirik sedikitpun. Sukma mendayu berpagutan. Terkatup sekujur bibir. "Ya..." Lolong mengambang di telinga. Perahu berayun-ayun gemercik gelombang. Melekat, bola hati, di musim ketika, selalu...

"Ahh..." Kepak sayap mengawang di antara frekuensi-gravitasi. "Oh..." Desir merdu nyanyian angin. Sembunyi di antara waktu tunggang gunung, pekat menyungging malam. Pancaroba mencuat di pucuk dedaunan, telentang bara, menuai badai menciumi embun.

"Malam..." Sembilu menatah warna kulit, tak sewarna lagi. Lenguh menggelegak buih nestapa merubah kangen merah jingga pelangi ungu. "ini..." Membuka jendela memperluas cakrawala, serasa lirih memedihkan. Sahara menyala seterik sesuka matahari.

"Benarkah..." bermekaran segala hari bersemi. Cogan alam purnama berkilatan, meniti tepi belukar sabana, selalu, menunggu silir-semilir menguak reranting, semerbak wangi serai...

"Ukhh..." Lepaskan segala ada, biarkan bulir benih bertumbuh di musim. Sentuh selembut kapas beterbangan. Langit menyusun peraduan...

***

"Telah wafat takkan kembali." Terkesiap.
"Kenapa harus dia?"
"Mendongaklah. Untuk jawaban itu."
"Sudah sering kali."
"Jangan selalu meminta."

"Tidak selalu."
"Dengarkan Dia bicara."
"Melalui tanda-tanda?"
"Ya. Serupa perubahan cuaca."
"Baiklah..." Lantas sunyi.

***

Teror kepandiran, ada, berlangsung. Meskipun, Wanamarta telah menjadi Ngamarta, bertakhta Pandawa, sangat kokoh.

Eh-haalaa! Mencoba mengganggu ketertiban lalulintas. Oalaa! Walahkadalah! Selama masih ada linuhung Batara Ismaya, tokoh utama punakawan alias panakawan-menyatu pasukan para satria.

Weleh! Udelmu bodong, takkan mampu mengguncang takhta. Antrian ambisius, semakin rancu panjang lebar, meskipun loket masih tutup.

E-hemm! Kaum raksasa turut ambil bagian di antrian berdesakkan, bertopeng-topeng, tak jelas ujung pangkal do-re-mi asal-usulnya.

War! Ka-kak hala-hala! Pak Dalang menaikkan 'Gunungan', di layar berkisah-kisah. Blang! Dum! Blang!

Ki Dalang: "Jangan ngomel sembari ngumpet di balik isu kadaluwarsa, sulapan amatiran, di bawah permukaan, di gorong-gorong. Sini! Muncul! Aku sentil telingamu!"

"Negeri Ngamarta terlindung Pandawa, publik tenteram tiada syak-wasangka, bersatu, sejak lahir, menjulang langit panji-panji kesetiaan."

(Gending kontemporer mengangkasa. Aneka adegan semakin mumpuni)

Ki Dalang: "Para satria patuh pada sikap, janji, kesetiaan menjaga tanah lahir leluhur. Tetap siaga di lautan, maupun di udara. Tak ada celah bagi lawan. Raja Dewa, mengawasi dari kayangan-perilaku patgulipat makhluk raksasa."

***

Kematian mungkin keabadian, terlahir kembali di sisi waktu paralel. Hanya dengan cara ini, mencoba merubah takdir.

Mata elok bekerlip gemintang, menyatu nebula-romansa ruang nun di balik semesta kini.

Nyanyian Romansa Gemintang

"Asmara..." Seprai kosong langit di badan. Waktu datang membawa benih padi. Janji semesta tak pernah bohong. Awan, memberi hujan pada bumi, menyuburkan.

"Kekasih..." Satria pilihan milik langit. Biar aku selesaikan semua perkara. Lantas, dia, melesat mengilat, sirna.

***

"Jangan lepaskan panahmu pada rembulan."

"Jika pengecut itu tak muncul. Apa boleh buat."

"Jangan bertindak sembrono. Janjimu? Setia menjaga negeri. Dia gugur bukan karena dirimu."

"Siapa pengkhianat di balik peristiwa jebakan konspirasi. Bikin aku penasaran."

Berkelebat bayang-bayang dengan kecepatan amat gaib. Keduanya melompat-terbang mengejar, namun memburu ruang kosong.

"Kecepatannya seperti, aku, mengenalnya." Lalu hening.

Indonesia 06/06/2022, 04/03/2023.

KUMPULAN POPCORN

Popcorn (1)

Diktum dari bahasa kita, KBBI, sangat edukatif pertumbuhan dari bahasa 'ibu negeri' rumpun tradisi Nusantara, plus peduli pengembangan dari arti-an, bahasa asing pun menajdi kolaborasi apik, indah bagai kebun bunga terangkai bersilir angin.

Mohon maaf, jika hamba, ada sedikit mencoba melihat, menyimak, serapan 'gaul' di antara generasi cerdas kontemporer kini, ada ragam pesona istilah bahasa sehari-hari, mencoba, upaya merangkum diksi sajak-sajak, berirama bagai pantun indah itu, meski mungkin tak setara keindahan pantun di kala edarannya.

Namun jalinan komunikasi publik gaul kontemporer ada hal terpaut, mungkin, semoga menarik dalam rangkuman sajak bebas terikat di bawah ini. Meski hal semacam ini, bukan hal baru, hampir serupa, mungkin, di antara era 70-an, ke era 80-an, terangkum waktu puisi 'mbeling' pada era budayawan, Yapi Tambayong, lebih di kenal dengan nama pena, Remy Sylado.

Semoga bermanfaat. Salam sehat! Masker Jangan Kendor.

***

Popcorn | "Dang! Ding! Dung!"

Oleh: Taufan S. Chandranegara

Terserah, kamu akan selipkan
di telinga atau di hidungmu
bunga berplastik itu, atau pun
kamu biarkan saja kejepit
di antara kelopak matamu, juga
enggak apa-apa tuh
suka-suka deh

Sejak bau kentang itu
sering kali menjengukmu
dengan sejuta alasan, burung nuri
warna-warni mati suri di kakimu
sekalipun, aku tak lagi mau
apapun meski sekadar
melumat bibir ranummu
seperti biasanya,
aku tak lagi mau
dengan alasan
apa pun

Kamu ngerti nggak sih,
terasa ada muslihat di antara
sela waktu di balik kelambu
benar atau tidak aku tidak
peduli, aku lebih percaya
suara tulus cicak
di dinding

Sekali pun kamu bilang
rindu berabad kangen

"Walaah..."

*Sekalipun pula minuman segar
di lukisan pop art, lantas
kau tuang di atas rembulan
pink-merah, kuning, tak kan aku
kejar gunung jungkir balik
kesamber kentut Semar*

*Emoh deh aku,
senyummu tak seperti
buah semangka lagi,
gincumu semrawut
bau kentang*

*Hih! Bergidik deh,
seperti gelitikan kobra*

*Cinta enggak perlu diomongin
bolak-balik membuka
horden jendela, biarin aja
angin menyibak kisah di balik
daun jendela, cerita peraduan
seprai kusut jumpalitan berlimpah
aroma bukan milikku*

*Apa sih hebatnya
bau kentang berbanding
buah apel dari negeri salju,
tak serambut pun mampu
menggantikan aroma apel, ngerti?*

Heleh! Kedelai!

Bolak balik kau bilang
kangen, rindu sejagat
bahkan kau akan telan
matahari demi aku, alaaa!
Gombal!

Nyatanya,
cumbu rayu hadir
setiap waktu
berjuta alasan
menggebu, berdebu
muslihat harum bunga,
tetap saja bau kentang!

"Dang! Ding! Dung!"
"Jring! Sebel deh!"

                                        Jakarta Indonesia, September 25, 2020

Popcorn (2)

Beautifuly

Hello? Kresek! Kresek!
Suara frekuensi rusak
Hello. Dear?
Gubrak!

Tell me my dear
Tell me. What happening
Hello! Hello?
Apaan sih. Halla hello

Oaalla tak kiro sopo
Lah jebule panjenengan toh
Pripun kabar jenengan
Selak digondol kucing loh

Kucing nopo tikus toh yo
Kucing kale tikus sak niki
Ra bedo toh yoo
Gondolan jee, nggih toh

Hello! Kresek! Kresek!
Tut! Tut! Tuuut!
Enggak punya kuota
Ngerayu! Tut tut tut

Jakarta Indonesia, Sepetember 28, 2020.

Cantik-ku Syantik-ku

Potong ayam aja
Rebus di panci
Mau minta dansa
Susah sekali sih

The most importantly
You must love me
Tapi, sini dong cantik
Liat deh! Seru banget

Liat apa sihh cayang
Itu! Seru deh syantik
Apa-an sihhh
Balapan. Tuhh!

Balapan apa sihh?
Mouse and the Cat
Oh! Syantik yaaa
Kucing kalah. Tikus menang

Jakarta Indonesia, September 28, 2020

Oh! Oh! Yeah!

Who are you there

"I'm from the other space"

Oh yeah! Yeah!
"Yah ye yah ye. Ini gue tau"

Oh! Ente. Kirain ane.
"Shake my hand"

Hi! Dude! Social distancing
"Oh iye ane lupa pake masker"

What! (?)

Jakarta Indonesia, September 28, 2020

Popcorn (3)

I/

Aku cuma punya
Dua kelereng
Kalau kau minta dua
Aku tak punya dong

Oh! Ya sudah
Kalau gitu aku minta cinta

Cinta enggak ada
Hanya ada dua kelereng
Aku sisakan satu deh
Bawalah satu

Ogah! Enggak lumrah

Apa? Lumrah?

Terserah!
(Minggat tanpa menoleh)

II/

Gabungan dua kata
Hasilnya?

Satu! Bisa dua

Kalau, (di) madu

Are you crazy?

Dengerin dulu dong
Madu, is honey, not money

You talk about money!

No! I'm talking about you

Hon! You are crazy

Yes! You are Number One

Prang!
(Piring terbang)

III/

Met ul-tah! Sayang
Buat siapa?

Kamu, ul-tah kan?
Kata siapa?

Kata aku
Ini tanggal berapa?

(?) Lupa

Ini kue buat siapa

(?) Kamu

Akyu, lagi diet

Oh! (Hatinya terbelalak)
(?) Maaapp

IV/

Oke
Iya. Oke

Oke?
Oke! Putus

Oke. Kita putus
Ya. Oke

Kita putus. Oke?
Iya. Oke. Putus

Putus! Kita putus. Oke?
Iyaa. Okee. Teruuss

Okeee. Kita? Putus
Iya! Cerewet deh

Putus! Ki-ta. Ka-mu, d-a-n, dan, a-ku
Iya! Ka-mu bc gog!

(?) Aku!

V/

Cintaaa?
Yaaa?

Cinta!
Ya!

Cintaaa!
Iyaaa!

Cinta? Sini doong
Apa siih?

Ayoo doong
Lagi maskeran. Sabar!

Bilang dong
(Meluk guling)

Jakarta Indonesia, Oktober 2, 2020

Popcorn (4)

I/

(Malu bertanya sesat di jalan)

Tuan, mencari siapa
Anda terlihat kusut masai

(Ia menoleh tak menentu)

Saya demokrasi
Mencari tempat untuk tafakur

Tempat itu ada di hati tuan

II/

(Malu bertanya sesat di jalan)

Saya mencari rumah ibadah

Siapakah tuan
Saya demokrasi

Termulialah tuan
Berkat itu ada di huti tuan

III/

*Disucikanlah segala
berkat bagi tuan*

*Ada banyak jalan
menuju hati tuan*

*Ke mana pun, tuan demokrasi
akan menuju, bawalah
kabar baik*

IV/

*Tuan demokrasi, bersujud
Melepas, merpati ke angkasa*

*Mereka saling berpelukan
Berita kepada kawan*

Jakarta Indonesia, Oktober 9, 2020

Popcorn (5)

I/

tak ada, pedih
tak ada, ratapan
tak ada, luka
tak ada, kerisauan

waktu menyusut
aturan mencuri
pencerahan,
bukan jawaban

hari-harinya
di antara
publik

ia, tak kenal
menyerah

ia hadir,
tak meminta
ia ada,
lantaran lahir

II/

mengalir
di segala waktu

persinggahan,
menjejak bumi
rumah langit
menjunjung
Tuhan

senyumnya
menawan

Tuhan,
teman berkelakar
teman terpingkal-pingkal
berebut membasuh hati,
bertukar cerita
menggambar dinding
menulis syair

III/

selimut pelangi
senyenyak malam
sebangun pagi
secentong nasi
sesuap ia
sesuap Tuhan

prosa rembulan
mainan embun
menyala matahari
panggung peranan
jalanan

trotoar,

kembali
bernyanyi

Jakarta Indonesia, Oktober 26, 2020

Popcorn (6)

"Politik menggelitik, kitik-kitik"
"Pelankan cericau-mu"

"Gelitik-gelitik, po.li.tik"
"Bercericau terus ya"

"Gelitikan politik"
"Aku sedang baca, sayang"

"Politik gelitikan, tik-tik!"
"Tanganmu, hih!"

"Tangan politik, menggelitik
 "Bruk!" Dilempar buku

Sembari minggat
(?) "Be.la.lang!"

*

Membaca, telepon seluler
"Oh, begitu ya"
"Baca apa, sayang"

"Politik soto campur"
"Apanya?"
Dicabut sekuat-kuatnya

"Aduh, sakit!"
"Sudah akh!"

"Lagi dong, sedikit lagi"
Bergegas "Mau buang uban!"

*

"Pas banget deh,
dansa yuk!"

"Alah, siasat memeluk"
"Enggak. Dansa, yuk?"

"Si.a.sat rayuan po.li.tis"
"Si.a.sat bukan politis"

"Alibi!" Gaplok "Plok!"

*

"Tuh kan!"
"Kenapa?"

"Lihat kerah bajumu"
"Enggak kelihatan, cinta"

"Ini! Kaca!" Memberi kaca
Berkaca "Oh! Ini?"

"Iya! Itu! Apa?"

(?) "Lipstik, siapa ini yaa"

"Politik ngeles! Talak!"
"Waahh?"

*

Tak ada angin tak ada hujan
Sekali pun hujan tetap datang

Kembang mawar di kanan
Kembang plastik di kiri

Sungguh tak ada duanya
Engkau-lah bidadari-ku

"Po.li.tis"
"Tu.lus sayang"

"Aih? Laron!"

*

Gagah perkasa,
perawakan atletis,
seraya melirik, sekadarnya

"Buktikan, kalau benar
kamu cinta," sombong

"Ini baru politis,
membuka telapak tangan

*perlahan-lahan,
ini ulat bulu hihihi"*

(?) "Haa!" Pingsan

Jakarta Indonesia, December 5, 2020

Popcorn (7)

Senyum itu masih seperti karedok. Masih ingatkah kamu, pada melati. Ya. Ketika aku selipkan di sudut. Senyuman belimbing seperti itu

Tawamu terpingkal-pingkal, meriah. Kau pinta satu lagi untuk menyelipkan. Sejajar, horizontal di bibirmu. Kau bertahan tidak ngakak

Tapi, ulat bulu di daun jambu. Membuatmu melompat berteriak. Seraya menyergapmu, dengan mata. Nyaris, kau melompat

*

Kau tak pernah bilang, sayang. Matamu mengerjap, capung terbang. Siang bolong, bola matamu lompat. Menabrak bola mataku

Meredup, segera benderang, melepas. Sepatumu di kepalaku, topiku . Kau genggam, semarak daun kering. Beterbangan, di atas kita, berputaran

*

Ya. Menggigit renda bajumu. Ya. Sepasang buah durian. Terhempas di samping kita. Terbelah, mewangi

Satu untuk kita, dua untuk satu. Jemarimu terbang ke angkasa. Menggelitik langit, menggeliat. Biji duren tersedak, tertahan gejolak

*

Menggeraikan rambutmu, menghitung. Satu-dua, tiga-empat, kelipatan dua. Lima kali dua terbelah tujuh. Melepas, angin dari genggaman

Mengejar cerita kicauan burung. Siapa memetik putik bunga . Tetumbuhan tetap bermekaran. Sari bunga terbang ke angkasa

*

Merah dadu gincu di bibirmu. Aku bilang tipiskan sedikit. Kau malah menoleh ke arah angin. Awan di kaki langit berdatangan

Mereka bertanya tak kau jawab. Hanya perlu sepotong jawaban. Kau menoleh padaku, senyum anggur. Mereka membawamu, terbang

Jakarta Indonesia, Maret 30, 2021

Popcorn (8)

*Menulis puisi
ketika hati
terang bulan*

*Catat ya, kekasih
di awan-awan, aku
menunggumu*

*Kalau cinta di hatimu
masih bersengkarut*

*Minum air dari balon
warna-warni
semoga lekas sembuh!*

*Menunggumu di sini
tak sebanding
awan hujan
mengguyur
ubun-ubun*

*Masih tanya
Soal setia*

Jakarta Indonesia, Januari 3, 2022.

Popcorn (9)

2022. Semangat membangun negeri. Salam cinta saudaraku.

Setelah menjadi langit
esok bermula
dari hari ini

Salam cinta kasih
Saudaraku...

Manusia lahir, bukan
Untuk saling memaki

Biarkan makian itu,
menelan mulutnya sendiri

Seduh kopi sobat
Mensyukuri karunia...

Tak perlu syak wasangka
Menulsilah untuk dunia
Kabar tentang merpati putih

Jakarta Indonesia, Januari 04, 2022.

Popcorn (10)

Baru saja aku bilang
Kau sudah melanggar peraturan

"Meong!"

"Tuh! Suara kucing. Malu dong!"

Ini mungkin bukan puisi, atau mungkin juga puisi? Terserah saja, sesuka hati. Barangkali juga hanya catatan tak penting benar. Hidup, cinta-amarah, iri-dengki, bak seutas tali, terkadang lepas karena hujan, rapuh atau putus karena terusan panas.

Tak ada paripurna bagi insan. Kekurangan atau kelebihan, baik-baik saja. Mungkin pula tak perlu ada panas. Gawat juga. Kalau matahari mati. Rembulanpun mati. Tapi, janganlah hai! Biarlah keseimbangan mengurus semesta. Salam baik.

1)
Tak perlu syak wasangka
Menulislah untuk dunia
Kabar tentang merpati putih

2)
Tawa itu,
tak serupa beningnya
kejujuran seekor panda
kebaikan itu, dalam kabar

seperti,
Kau tulis kepura-puraanmu

3)
Sampailah di sini saja ya
agar saling memberi kemuliaan
itupun kalau masih ada
di antara tanaman benalu

4)
Cerita baru saja usai
kisah film berlalu, tak jua
berbuah kenangan
Kecupan saling berpaut
tapi, asam di hati

5)
Putus tali temali
menjadi kisah utama hari itu
Sampai jumpa di penyeberangan
Semoga tak tenggelam

Banten. Tangerang Selatan, Maret 29-2022.

Popcorn (11)

Waktu aku masih kecil,
Girang ngejar layang-layang.
Kini, aku sudah besar
Sering mimpi dikejar layang-layang

(1)
Ini, debu layang. Ini, debu kosmik. Ini, debu meteor. Kedahsyatan teknologi-sebatas sel inteligensi. Kalau, frekuensi, atau, gravitasi, di-stop Sang Pencipta. Semesta mati. Semua mati.
Tafakur.

(2)
Belok kanan boleh. Belok kiri boleh. Suka-suka deh. Tapi, siang-malam, matahari-bulan. Bukan milikmu.
"Lantas? Apa milikku!"
"Tanya dirimu!"

(3)
Sampai ketemu lagi, ya.
Mungkin di neraka, atau, di surga. Pilihan ada padamu, sayang. Di kanan mata air. Di kiri api.

(4)
Kamu mau sombong seperti apa-an sih. Koboi-koboi-an gitu? Gigimu baru tumbuh. Baru kuat makan pisang.
Boleh sombong. Silakan saja. Tapi, umpama ada perang. Jangan ngumpet di kolong meja ya.

(5)
Katanya nih. Kamu hebat, mampu meraih bintang-bintang bahkan menghapus awan jadi api. Apa betul begitu?
Tapi, kenapa kamu cuci piring di rumah tetangga? Main petak umpet ya. Malu-malu tapi mau. Kalau ketemu tolong semir sepatuku sekalian ya. Wow!

(6)
Hidup itu, mungkin, salah satu, proses nunggu giliran wafat. Itu sebabnya pula, jangan buang sampah sembarangan.
Bersahabat lebih oke. Salaman.

(7)
Dilarang teriak-teriak di sembarangan tempat ya.
Kalau enggak ngerti juga. Coba belajar naik gunung, di sana banyak pelajaran top of the pop.

(8)
Gitu yaaa. Bunga cantik di tangan kiri. Bunga jelek di tangan kanan. Belum selesai juga ya pura-puranya? Biar lekas sembuh, buka mulutmu lebar-lebar. Pejamkan mata.
"Udah siap sayang? Nih!"
"Huaah! Apa-an nih!"
"Risol plus sambal cabai rawit..."

(9)
Waktu aku kecil, nakal, membantah ibu. Nakal, membantah ayah. Beliau berdua ikhlas membesarkan diriku.

Waktu aku kecil. Girang, ngejar layang-layang. Kini, aku sudah besar. Sering mimpi dikejar layang-layang.

Sungkem.

Jabodetabek Indonesia, June 18, 2022.

PROSA KOPI

Prosa Kopi Rasa Lemon

Perang antar bangsa manusia atas nama pangeran absurd, dongeng para pendekar menyoal serba-serbi kue serabi, si tukang sulap pemuncak cepat saji kelas pemula, bergantung diskonto subjek atau objek, isu asosiatif.

Bak oknum planet neokolonialisme, tak lagi memegang merek dagang gayahidup adibusana serupa adidaya, berkicau mengorek telingaku mengenai negeriku.

Walah kadalah belum pernah dihajar kentut Semar, ya. Ini negeriku bukan negerimu. Jadi, korek saja telinga negerimu, Bung!

Benderaku adalah aku.

***

Perang-perangan di angkasa maya seolah-olah hua hi hu, biasa aja tuh enggak keren, tak hebat pula. Mending nonton bola. Sorak sorai bergemuruh, di antara kalah-menang. Asyik nontonnya. Arak-arakkan kemenangan, bagaikan pengantin menuju pelaminan. Gembira memberi selamat menempuh hidup baru.

Tak ada kelas makhluk apapun, mengetahui, kilas balik nasib semesta, hidup atau mati. Hanya Tuhan Sang Maha Pencipta-Maha Mengetahui. Pengadilan Akhirat-Penghakiman, bukan urusan manusia, itu, urusan Tuhan Yang Maha Esa. Tertulis di kitab sejarah-Cipta Ning Jagat Buana, berbudi luhur, amanah-beriman, memberi hidup untuk semua makhluk ciptaan-Nya.

***

Ujian dari langit, senantiasa bermunculan, sekaligus membawa berkah jawaban kebijaksanaan berkesinam-bungan, bisa sederhana bisa rumit. Bergantung pada tolok banding kecermatan harmoni wawasan iman, kemuliaan sesama saling menghormati, persaudaraan, anti-konflik-negatif.

Ke-ilmu-an tidak identik dengan manajemen konflik negatif, kuno *loh* itu, bak gincu snobisme. Tidak laku di ranah generasi unggul negeri ini, tumbuh-kuat, terus bertumbuh dalam lindungan hukum Ilahiah, sublim.

***

Isme korupsi-perusuh, berlabel haram loh, valid. Hukum Ilahi menuliskan-dilarang mencuri hak sesama-telah ditetapkan oleh kitab suci untuk dunia, termasuk dilarang sombong, mentang-mentang, snob sana-sini bak terompet pales harian. Kan sirna ditiup angin. Tak seindah keroncong kekinian.

Anak-anak negeri, terus belajar, gigih berjuang, fokus, cerdas, cermat, bernas, berbudi luhur, di tengah keprihatinan nasional pandemi-meskipun pula masih saja, ada, oknum pandir raja tega, kelas makhluk api bertanduk. Main sulapan. Bimsalabim! *Blink!* Langka! Wus! Hilang! Jos! Gigantik korupsi! Wow!

***

Generasi, hingga keperbatasan negeri, naik ke bukit-bukit tertinggi, meraih frekuensi Ilahi, di cuaca apapun. Belajar, bersama, menuju cita-cita Kebangsaan, dalam iman Guru Semesta, bersama tekad 'Soempah Pemoeda 1928'.

Salam dalam iman cinta kasih sesama. Salam Indonesia Keren Anti Korupsi.

Jabodetabek-Indonesia, Mei 8-2022.

Prosa Kopi Rasa Madu

Salam kebaikan bagi sedulurku. Semua hari baik, semua waktu baik. Lelah sungguh terkadang menerpa bagai badai di dada. Menghela napas, segar, setelah usai bekerja atau menekuni berbagai kegiatan seputar waktu berjalan.

***

Halo? Wisnu Nugroho. Terima kasih, surel mediamu menyapa hari-hariku. Senantiasa memberi kabar bunga bertumbuh buah sepohon semerbak kabar kebaikan, ataupun, sebuah pelajaran bersama di antara sesama anak negeri.

Kau, bagai penyair rembulan, membacakan puisi untukku, dikabar pertama itu, beberapa waktu lampau. Ketika sosok sederhana, Gudianto Huang (57), karyawan perusahaan taksi di Surabaya, Jawa Timur, sebagaimana diberitakan mediamu, kisah, tentang kebaikan itu.

Memikat hati rasa syukur, dari negeri sangat banyak menyimpan kebaikan. Ketimbang nyinyir-isme di cuaca absurd tanpa ujung pangkal, lantas musnah terhempas petir. Di kala Ki Semar, menyuburkan benih tanah negeri agraris.

***

Senantiasa salam diucapkan oleh nurani sesama, doa kesuburan cita rasa, tak pamrih oleh waktu ataupun segala cuaca. Para pahlawan, peninggal jejak keteladanan, kisah-kisah itu tak pupus oleh waktu.

Kalaupun, perselingkuhan politis sejarah, berulang kali, mencoba membolak-balik halaman-halaman putih, ke abu-abu bahkan hitam sekalipun. Namun, putih tetap putih.

"Indonesia. Merah darahku, putih tulangku," kutipan sebaris syair dari lagu 'Kebyar Kebyar', di tulis oleh sastrawan musik

'Gombloh', arek Suroboyo Indonesia. Tak sekadar penggambaran etos kerja keras.

Di syair-syair itu kekuatan menyatukan, ikatan batin kebangsaan. Merah Putih-Sang Dwiwarna, fakta historis telah mendarah daging.

Salam kebaikan bagi kita semua. Indonesia selalu kuat. Amin.

Jabodetabek Indonesia, May 28, 2022.

Prosa Kopi Sikat Gigi

Jalan-jalan ke toko serba ada. Wow sekali. Pilihan produk berbagai merek, warna-warni, cerah-ceria melompat-lompat, berdesain keren selera konsumen, entah, berbentuk tipografi diskonto harga, bisa juga gambaran adaptif sosok masyhur.

Konsumen disambut meriah pujian, kalimat promo anekdot ilustratif, gaya-hidup seiring waktu, rasa-surga pilihan berkelas, kekreatifan. Sungguh menggembirakan, memandangi berbagai tawaran hati, sembari gigit jari. Ramee, deh.

***

Sedikit perbedaan, di kala menonton pertandingan seni sepak bola. Penonton bersorak-sorai, bergembira, meskipun klub bola pujaan di ambang batas kekalahan. Beberapa kali terjebak pelanggaran. Walah. Menggemuruh, meluapkan kasih sayang untuk klub sepak bola jagoan, pilihan para penggemar.

Ini lebih menarik, meskipun nonton di layar kaca, dengan format tak seluas lapangan seni sepak bola. Keberpihakan lebih terasa menyeru-nyerukan, di antara anggota keluarga. Si kakak memuja klub bola 'si Katrol', si adik memuja klub bola 'si Balon', pilihan itu, menunjukkan kecintaan, sesuai takaran kelas masing-masing, imajinatif. Top banget.

Ruangan keluarga bagai bising rudal mesin-mesin perang, suara nyaring bersahut-sahutan. Di sini, jalinan kekeluargaan semakin membahagiakan, kritik terbuka dari si kakak ataupun si adik. Ayah, tersenyum keren, bersama, menyeruput teh hangat rasa cinta buatan ibunda.

***

Tidak ada, tematik rekaan asal-asalan, pada ajang pertandingan seni sepak bola. Tidak ada pula unsur-emotif, ditujukan untuk elemen budaya, kata, tak berpijak sana-sini, tak menjangkau produktivitas primer maupun sekunder.

Ajang pertandingan seni sepak bola, hanya ada-rasa cinta, kebahagiaan menyatukan kekuatan konsepsi-intelegensi, melatih kecermatan, bermanfaat bagi publik. Mencapai pertumbuhan iman sportivitas sesama. Amin.

Salam Indonesia Tangguh, anti rusuh-korupsi.

Jabodetabek, Indonesia, June 10, 2022

Prosa Kopi Zona Perang

Tidak ada kata lain. Tafakur "Lindungi, dia, Tuhan. Engkau Maha Rahman dan Rahim." Nurani ini hanya ada, doa itu, ketika hamba melihat, dia, menembus langit, menuju negeri jauh dalam kecamuk zona perang tak menentu-Kurusetra kemodernan.

Setiap melihat gambar-gambar bergerak, berita dari negeri jauh tentang dia. Hamba hanya menghela nafas, hanya doa, keselamatan, kesehatan, senantiasa dalam lindungan-Mu, di nurani ini.

***

Ketika membaca berita, dia, akan berangkat menempuh jalan darat sejauh 80 kilometer, dengan kereta api. Hamba mendengar pula, serangan rudal pihak lawan baru saja mendarat di kota tujuan itu.

Derap jantung hamba berjuta kali rasanya berpacu dengan doa keselamatan, kesehatan, tak ada kata lain terindah, selain berdoa.

Hamba hanyalah manusia awam, hanya dia milikku untuk negeri ini. Sekarang di sini. Terus mengikuti berita-berita, dengan mata super melotot, telinga hamba mekar, seperti telinga gajah. Mencoba menangkap semua makna berita tentang dia.

***

"Terima kasih Tuhan, cahaya pelindungmu senantiasa bersama dia." Imannya kepada-Mu, setulus melaksanakan tugas-tugasnya, di antara suara perang, bersama, cinta sejati, mendampingi kemanapun, dia, melangkah, gemerlapan dalam bening cinta kasih keduanya.

Alangkah indahnya suritauladan itu. Cerita tak habis ditelan waktu. Risalah kenangan dalam prosa zaman generasi sejarah kelak.

Sumpahku untuk negeriku. Sebuah perjalanan mengagumkan. Dari kota nasi liwet membidik rudal di kota kaviar. Salam bahagia di negeri ini saudaraku. Salaman.

Jabodetabek Indonesia, Juli 1, 2022.

ESAI DARI PINGGIRAN

Fiksi: Monokrom

Gelegar itu datang begitu saja. Tanpa alasan apapun. Puluhan orang terkapar. Entah mati entah tidak. Teror mengambang di antara korban. Di antara waktu jeda dan tayang para media. Waktu hari itu Bork tetap asik tak mau tahu tentang suara itu, dia, asik menikmati pemandangan Metropolis, kerlap-kerlip lampu-lampu dari atas jembatan layang. "Kau tak dengar ledakan itu. Tak melihat korban-korban itu," kataku perlahan nyaris berbisik.

Bork tetap asik dengan pandangannya. Menerawang ke arah pandang matanya. Aku tepuk bahunya, tetap, dia asik sendiri, dengan kenikmatannya. "Bork! Kau dengar suara ledakan itu. Lihat, korban bergelimpangan, di antara asap hitam itu, ada api menjilati udara. Bork, lihat para korban itu..." Bork tetap asik dengan kenikmatan dirinya, pandangannya, perasaannya mungkin, juga pikirannya, mungkin.

Kedua manusia itu bernama Bork dan Berk, tampaknya mereka kembar identik, namun tak jelas juga. Malam purnama mereka kerap di jembatan itu. "Mereka mati? Biarkan saja. Apa ada, perduli, dengan hidup kita Berk?". Suara Bork, keluar, seperti mengalir begitu saja tanpa beban. Lagi suara Bork. "Lihat pemandangan kota di bawah sana, indah, kerlap-kerlip lampunya. Desa, tersulap menjadi kota Metropolis, kini".

"Ya," jawab Berk singkat. "Apa kau tak perduli dengan ledakan bom tadi Bork?"

Lagi Bork tak menjawab pertanyaan itu. Hanya hela nafasnya terasa, Bork, menyimpan perasaan sesuatu. Berk melihat situasi nun di sana, tempat itu, mulai ramai berdatangan, para petugas berseragam, masyarakat bertahap berkerumun, di sekitar lokasi itu. Helikopter berseliweran, di udara, mobil bersirene, mengaum memecah waktu.

Mobil-mobil lapis baja anti bom berdatangan dengan pasukan elit berseragam merah darah, bertopi hitam, memakai masker putih. "Aneh, baru aku lihat pasukan elit itu," suara hati Berk. Pasukan SAR tampak sebagian di terjunkan dari helikopter dengan tali-tali, cara itu cukup efektif mengalahkan kemacetan di kepadatan sepanjang waktu tak berdetak lagi di Metropolis, truk-truk besar berdatangan, tampaknya tim medis.

Berk melihat situasi hiruk pikuk itu di kejauhan pandangan dari tempatnya, seperti sebuah film, seru, penuh warna. Berk, ingin berlari ke tempat itu, tapi, tak mungkin meninggalkan Bork dalam situasi sekompleks perasaan Bork, pada situasi kini. Bork tetap dengan pandangannya, di tempatnya, tak bergeming, bahkan tampaknya mata Bork tak berkedip sedikitpun. "Bork? Kelihatanya para korban sedang di evakuasi."

"Berk, terbayangkah olehmu, jika, di luar diri kita sekarang, mereka juga sedang sekarat, tak bisa makan, tak mampu memberi nutrisi pada tubuhnya sendiri," suara Bork datar. "Berk, kau paham mengapa Kant tak pernah punya jawaban pada ranah filosofi ke metaannya". Suara Bork tetap datar. "Karena dia tak mengenal zat tak seumpama apapun. Itu dugaanku," kata Berk. "Itu jawaban orang-orang standart, Berk," jawab Bork datar.

"Kau lihat aku baru saja melempar upilku kebawah jembatan sana, menukik cepat tanpa melayang seperti kertas. Kau paham maksudku". Suara Bork datar. "No, abstraksimu terlalu jauh. Bagaimana kau tahu, upilmu menukik dengan cepat, tanpa kau dapat melihatnya". Berk, sebel, selalu merasa terdesak, selalu merasa dikalahkan. "Logika padat, meski kedua benda itu berbeda kepadatannya". Suara Bork datar.

"Seperti cinta maksudmu. Lihat Bork, semakin banyak orang berkerumun, SAR, para medis, dan pasukan elit keamanan negara, juga sudah berdatangan, meski, ada pasukan elit aneh berseragam merah darah". Bork, tetap asik dengan pandangannya. "Berk, kau obsesif. Coba kau tinjau lagi pandanganmu dari peristiwa itu. Arahkan pada kerlap-kerlip lampu Metropolis, di sana, di balik kultur itu, ada cinta."

"Ha ha ha ha," keduanya tertawa terbahak-bahak, terpingkal-pingkal. Lalu keduanya saling menunjuk, tawa mereka semakin seru. "Seperti cinta murahan, dijual lewat slogan tanpa air mata ha ha ha. Lalu, ha ha ha, lalu, basa-basi, ha ha hah, di bawah kemarau, karena hujan, bertubuh bulat, malu tak berbusana, dilihat matahari ha ha ha". Tawa keduanya pada diam. Waktu tetap berhenti berdetak. Suara, di kepala mereka, seperti berita simpang siur.

Bork, mendadak menghilang, sekelebat Berk melihat Bork bergerak amat cepat. "Loh kok, bagaiman dia bisa begitu, gila. Kalau kau bisa aku juga pasti bisa". Suara hati Berk. Dia mencoba melompatkan tubuhnya. Bum! Tubuhnya melesat ke atas. Bam! Tubuhnya mendarat lagi. "Ha ha ha aku sakti! Tunggu Bork!" Berk, melesat bagai anak panah menyusul Bork, keduanya terbang menuju tempat ledakan itu, tampaknya.

Keduanya berhenti, berpapasan dengan Deen dan Bien, langsung keempatnya berpelukan. Terdengar suara Deen dan Bien, terisak tangis tertahan. Bork dan Berk merasakan kesedihan. Masing-masing berbicara pada pasangannya, Bork berbicara pada Deen, Berk berbicara pada Bien, dengan kalimat sama, serentak. "Ada apa sayang...," Deen dan Bien, tangisnya semakin manjadi, meraung sejadinya. Serentak berteriak kesal pada Bork dan Berk.

"Aduhhh, kalian tak paham kenapa kita bisa terbang. Gila". Suara Deen dan Bien serentak. "Kepala kalian dimana," suara

Deen dan Bien, lagi serentak, masing-masing melepaskan pelukan dari Bork dan Berk, meski Bork dan Berk, tetap tak paham, menjawab serentak "Enggak tuh. Apa kita terbang. Kita cuma berjalan cepat my dear". Deen dan Bien, masing-masing serentak menempeleng pasangannya. "Terasa nggak"

Bork dan Berk, serentak menjawab "Tidak terasa apapun. Puas". "Kalian kutu buku sih, sok filsuf, sok analisis, sok logis, sombong pada alam!" kata Deen dengan suara keras pada Bork dan Berk. "Sekarang, detik ini, tak merasakan perubahan apapun. Kutu buku! Macet otaknya!" suara Bien lebih keras berteriak. Bork dan Berk, tetap tak paham, meski mereka mulai merasakan keanehan, seperti melayang pada kosong.

"Kalkulus melulu sih, X tak pernah kuadrat kalau tak di tambah angka dua, tahu!" kata Deen, menyusul suara Bien lebih lantang.

"Kuantum! Ini bukti kalian bisa bertemu Einstein, Tan Malaka atau Hemingway, bla bla bla sekarang! Kita sudah menjadi seperti nol di kali di tambah nol sama dengan nol, plus X dua tambah satu sama dengan, begog!". Lalu suara Deen dan Bien, melirih. "Cinta kita....," terisak tertahan, menjauh, samar. Semuanya sirna.

Jakarta, Indonesia, September 3, 2015.

TIGA RISALAH

Risalah Satu

Kaca-kaca menyilaukan kulitmu jingga, menjadi kuning cemerlang seterang bias memantul. Gigimu berbaris seperti jagung manis, ketika senyum itu berkilat di mata Dewa Awan, seketika kau rampas seluruh impian menjadi milikmu. Aku ikhlas menjadi kancing bajumu sekalipun.

Aku ikhlas menjadi rahim di dalam tubuhmu. Aku ikhlas menjadi kekasih di jantungmu. Aku ikhlas menjadi asmara rembulan pagimu, bahkan sore atau malam sekalipun. Tapi, aku tak mau mencuri mangga tetangga, meski kau sedang mengidam. Janji ya... Kiss.

Para Dewa di langit bertepuk tangan meriah sekali, setelah fragmen satu babak itu tutup layar.

Jakarta, Indonesia, March 11, 2017

Risalah Dua

Baru saja Gatotkaca berkabar. Bahwa matahari hanya terbit setengah hati. Tapi sulit dibuktikan siapa menutupnya. Prabu Kresna, sibuk mengarang buku tentang terjadinya semesta. Sambil lalu ia berkata "Mungkin itu Petruk sedang kesal... Mungkin juga Gareng sedang usil menggoda Dewi Venus..."

Seseorang keturunan Pandawa, memberi risalah kepada anaknya, bahwa matahari punya takdirnya sendiri. Tak perlu bukti. Alam memiliki siklusnya. Para Dewa tidak pernah menjawab apapun, kecuali pertanyaan Semar. Kerjakan saja, apa yang menjadi kewajibanmu, asal jangan mencuri sandal para Dewa atau numpang mandi sekali pun.

Jakarta, Indonesia, March 11, 2017

Risalah Tiga

Aku mau bilang pada para Dewa. Aku belajar membaca dari koran, aku bawa setiap hari, atau aku bertanya pada teman tentang huruf A hingga Z. Cara membaca tanpa dieja awalan dan akhiran.

Aku bisa menjelaskan kepada para Dewa, apa isi berita di koran, berita di teve, tentang harga beras, tahu, tempe, cabai merah, bawang putih, bawang merah dan sebagainya. Para Dewa mendengarkan kisahku dengan seksama dan terus mencatatnya.

Jakarta, Indonesia, March 11, 2017.

Leo Kristi di Surga Kebangsaan

Dia bukan musisi amsal. Dia dinamika idealisme musik Indonesia. Syair baginya bukan kata dalam kiasan-kiasan asal bunyi, asal laku dijual dan asal populer untuk negeri tercinta. Dia pribadi total pada komitmen Konser Rakyat Leo Kristi. Dia sekeras baja di depan bersama syair pembela-pemuja negeri agraris ini.

Leo Imam Sukarno, populer sebagai musisi Leo Kristi (1949-2017). Wafat, Minggu dini hari di rumah sakit Immanuel Bandung. Indonesia tetap mengenangmu. Selamat Jalan Leo, surga terbaik bagimu sahabat. Banyak kenangan tak terlupakan di setiap konser mu.

Simak syairnya.

Konser Rakyat Leo Kristi. Album: Anak Merdeka. Sumber: aroengbinang

Seikat Merah Putih

Seikat bunga di dada, pertiga pasar dunia huhuu
Di bibir-bibir waktu yang terang
Kita legak bersama, bocah-bocah yang nakal hihiii
Lewat mainan-mainan lama
Kemudian kita temukan, bahwa hari-hari ini
Seperti seikat bunga tak berakar
[musik]
Lewat hati yang pasrah, lewat hari yang lelah hahaa
Ah ya kita yang muda tlah kalah
Hai bocah-bocah bebas, ke mana mereka semua pergi

Tak seorang pun tinggal di sini
Ya Tuhan, lindungi pagi ini, dan beri kami sinar-Mu,
Abadi
[musik]
Nah sinar mu, nana na nah Sinar mu, nana na nah Sinar
{Beri kami sinarmu, Tuhan, sinar abadi}2x
Seikat bunga di dada
Bunga merah dan putih
[siulan]

Leo Kristi, memiliki komitmen kuat pada cinta tanah air tak sekadar slogan dalam upacara besar di spanduk-spanduk. Itu sebabnya dia lama menghilang memilih pulang bersama idealisme nasionalis untuk negeri tercinta ini. Dia memilih diam meski euforia gegap gempita di angkasa.

Konser Rakyat Leo Kristi, lahir dari komitmen cinta tulus pada Negeri Agraris Merah Putih, bersama Naniel Yakin, Mung Sriwiyana, Lita Jonathans dan Jilly Jonathans, pada periode awal, sampai dengan album ke tiga, Nyanyian Tanah Merdeka (1977), pada perkembangannya Konser Rakyat Leo Kristi, beberapa kali ganti formasi antara lain di dukung oleh Siti Sutopo, Titi Ajeng, Titi Manyar dan Yayu.

Leo Kristi, lahir pada 8 Agustus 1949, sebagai Arek Suroboyo. Karyanya telah menjadi Indonesia bersama Konser Rakyat Leo Kristi. Setelah perjalanan malang melintang bersama Gombloh dan Franky Sahilatua, membentuk grup rock progresif Lemon Trees, idealisme pada sikap dan komitmen justru membuat grup itu tak berumur panjang, namun ketiganya tetap bersahabat kental.

Kecerdasan kreatif pada ketiga tokoh musik Arek Suroboyo itu, masing-masing menemukan saripati musik dan syair bagi Indonesia. Gombloh bersolo karir. Franky Sahilatua membentuk Franky and Jane. Leo Kristi, menjejakkan ruh kreatifnya di nusantara bersama Konser Rakyat Leo Kristi. Ketiganya mencapai puncak popularitas citacita mereka di zamannya.

Selamat Jalan Leo, sahabat dan pribadi yang aku kagumi. Jabat tangan erat. Sampai jumpa di surga. Salam Cinta Indonesia.

Jakarta, Indonesia, May 21, 2017.

Fiksi | Misteri Siluman Bantal Guling

Rumah Sakit Jiwa, sekaligus penjara seumur hidup. Tempat mereka kini.

Kepolisian Negara, bekerja cermat dan akurat, setelah sekian lama penyidikan dengan cermat, menguntit ke mana mereka pergi, fakta pembelian obat pengendali kegilaan mereka di pasar gelap, berpindah-pindah telah cukup bukti. Penyergapan rahasia berlangsung tertib di lokasi itu. Pak Ndas dan Pak Madul kedua penjaga malam kantor Ayah, tak berkutik. Cut to: The next Scene.

Ayah di hormati berkat profesinya, setia bela negara, meski Ayah tak pernah tampil di media publik dalam bentuk apapun. Kerahasiaan identitas diri sebagai apa dan bertugas untuk apa, keluarga hanya tahu sebatas logis saja. Ayah ramah pada tetangga, rajin silaturahmi di pertemuan warga setempat. Tempat kami bermukim di rumah sederhana.

Kalau di tanya Ayah hanya bilang menjalankan tugas pekerjaan kantor keluar kota atau ke benua lain itu kerap di kunjungi, dengan penjelasan sederhana, pertukaran ilmu pengetahuan. Karena penasaran suatu kali aku mengikuti Ayah hingga ke kantornya, saat itu menjelang pukul tengah malam, apa boleh buat aku harus berbohong pada Ibu, menyelesaikan tugas sekolah di rumah Gru, sahabat ku. Ibu percaya, telah mengenal keluarga Gru dengan baik.

"Den Siul!" tegur penjaga kantor bersuara berat.

"Halo Pak Madul." Aku terkesiap melihat penampakannya.

"Sedang apa. *Ngapain* ke kantor Ayah malam-malam?"

"Mau pinjam kamus fisika Ayah, persiapan ujian akhir SMA minggu depan. Bapak jaga sendiri atau dengan Pak Ndas." Nama dua penjaga kantor Ayah, khusus malam hari.

Konon, menurut cerita Ayah, Pak Ndas dan Pak Madul, ahli mengelabui lawan, dia bisa menghilang dalam gelap, itu kisah Ayah saat aku di sekolah dasar kelas enam. Kedua penjaga malam itu, menurut kisah Ayah berikutnya masing-masing punya permaisuri siluman sakti keturunan siluman ular kobra, hal itu membuat Pak Ndas dan Pak Madul, punya kesaktian bisa mengelabui lawan.

Bahkan menurut kisah Ayah, Pak Ndas dan Pak Madul bisa berubah rupa jadi ular raksasa menakutkan, hal itu dikisahkan saat aku kelas empat sekolah dasar, ketika itu aku selalu menunda kalau di minta Ibu tidur siang. Sejak Ayah bercerita tentang Pak Ndas dan Pak Madul, bisa jadi ular raksasa, bisa tau, lalu akan mencari anak-anak nakal, selalu menunda tidur siang.

Sejak itu aku takut bukan kepalang. Sejak hari itu pula aku tak berani menunda tidur siang, lebih banyak di rumah. Penasaran ingin berkenalan dengan Pak Ndas dan Pak Madul, konon bisa menjadi siluman itu. Alhasil suatu kali sepulang Ibu menjemput Kakak kursus piano dan aku kursus gitar, malam kurang lebih pukul tujuh tiga puluh menit, mampir di kantor Ayah, mengambil raket tenis di beli Ayah untuk Ibu.

Ayah malam itu kata Ibu tak pulang ke rumah karena ada pekerjaan penting harus diselesaikan di kantor. Kakak turun dari mobil, aku membuntuti Kakak dengan perasaan dag dig dug persis di belakangnya. "Seperti apa ya penjaga malam kantor Ayah bernama Pak Ndas dan Pak Madul, kalau benar mereka keturunan siluman ular. Hii!" Dalam benak berdiri bulu romaku.

Kami masuk ruang tamu kantor Ayah, tampak sepi, hanya beberapa penerangan lampu sudut nyala redup. Ibu langsung ke ruang kerja Ayah. Aku terus membuntuti Kakak persis di belakangnya. Karena Kakak lebih tinggi dan berbadan besar, aku nyaris tak terlihat, aku menjulurkan kepala dari balik tubuh

Kakak, nengok kiri dan kanan. "Mana penjaga malam itu." di benak ku.

"Kakak mau ke mana?" Suara bernada berat dari arah depan Kakak, ini barangkali orangnya.

"Apa kabar Pak Ndas. Sendiri saja. Apakah Pak Madul libur." Jawab Kakak, kelihatannya mereka sudah akrab.

"Itu siapa ya sembunyi di belakang Kakak." Maksud suara berat itu barangkali aku.

"Oh! Ini adik Pak. Siul kenalkan ini karyawan Ayah, khusus jaga malam." Kakak memperkenalkan. Pak Ndas menghampiri aku, kami bersalaman kenalan.

"Wah. Tangan ular nih." Dalam benakku, amat dag dig dug ketika itu, gemetar jantungku. Kami bersalaman. Pak Ndas menatap tajam seperti mata ular kobra, dengan kumis tebal, tinggi besar. Aku menundukkan kepala, hii serem. "Saya Siul Pak." Suara ku seperti tersekat di tengah leher.

Kakak meneruskan ngobrol dengan Pak Ndas, mereka tampak akrab sekali. Aku menuju kursi di sudut ruang tamu itu. Memperhatikan dalam remang-remang sosok Pak Ndas. "Wah! Serem ya orangnya. Pak Madul seperti apa ya orangnya." Benak ku penasaran. Tak lama Ibu muncul, dari remang-remang koridor di depanku. Pak Ndas, menyalami Ibu amat sopan. Lantas kami menuju pulang. "Huh! Lega rasanya." Dalam hati.

Cut to: The next Scene.

Ingatan Siul, masih di antara waktu lampau dan kini. Mendengar jawaban Pak Ndas. "Sila Den. Kalau tak ada di ruang atas mungkin Ayah di ruang bawah."

"Baik Pak Ndas. Terima kasih ya. Saya langsung ke dalam." Siul bergegas masuk. Dia mengendap-endap, menghindari camera pengawas ruang dalam.

Ayah melihat gerak gerik Siul sejak awal tadi dari monitor di ruang bawah tanah. Ayah hanya menghela nafas. Membuka ruang pintu berikut menuju ruang bawah tanah, agar Siul melihat pintu itu terbuka, langsung masuk mengendap-endap. Ayah memperhatikan dengan seksama.

Membuka ruang berikut, Siul melewati boneka-boneka robot kecil-kecil, di buat Ayah, sebenarnya robot itu uji coba untuk menyusup ke sarangnya musuh negara. Namun di pikiran Siul, robot-robot itu hasil karya Ayah. Prototype super robot mini-nuklir hasil penelitian Ayah.

Siul memperhatikan semua hal di ruang itu. Ayah melihat wajah Siul merasa puas telah berhasil menyusup, seakan dia sudah tahu semua itu pekerjaan Ayahnya sebagai ilmuwan fisika nuklir. Tampak di ruang monitor Ayah terus memperhatikan Siul dengan seksama.

Siul keluar mengendap-endap menuju ruang Ayah di lantai atas memperhatikan sejenak. Lalu segera keluar. Ketemu lagi penjaga malam itu, kali ini lengkap keduanya berada di tempat, Pak Ndas dan Pak Madul, keduanya di pos penjagaan.

"Sudah ketemu Ayah, Den Siul?" tanya Pak Madul.

"Sudah Pak. Ternyata buku kamus itu dititipkan ke Kakak. Saya pamit Pak." Setelah bersalam-salaman keduanya, Siul langsung ngeloyor keluar area itu, dengan dag dig dug secepat-cepatnya, khawatir kedua penjaga kantor itu menaruh curiga.

Cut to: The next Scene.

Siul gelisah setiba di rumah. Kakak belum pulang dari konser di luar kota. Ibu sudah tidur lelap di peraduan. Apakah semua hal tadi akan di ceritakan pada Ibu dan Kakak, dia bimbang. Siul merasa sudah tahu semua pekerjaan Ayah. Meski sesungguhnya tidak. Siul menganggap Ayah murni seorang ilmuwan di bidang fisika nuklir, sesungguhnya juga tidak, lebih luas lagi dan beragam keahlian dan profesi.

Cut to: The next Scene.

Hasil nyata dari Ayah dan tidak diketahui keluarga atau siapapun kecuali petugas negara khusus dan tertentu, adalah Pak Ndas dan Pak Madul, sepasang penjaga itu sebenarnya hasil klona. Untuk mengelabui pihak lawan, agar lawan tetap merasa berhasil menyusup, mengirimkan dua orang dari rumah sakit jiwa sebagai mata-mata, di suntik dengan zat tertentu dan di tengkuk kedua oknum itu di tanam chip agar dapat dikendalikan dari jarak jauh.

Perilaku penyusupan pihak lawan telah tercium Kepolisian Negara, setelah dilakukan penyidikan dengan cermat. Kedua begundal itu di tangkap, di serahkan pada Ayah untuk di klona sama persis dengan aslinya, sesuai data chip tertanam di tengkuk kedua oknum itu.

Copy dari chip asli, di tanam kembali di kedua tengkuk klona sesuai aslinya, dengan nama Pak Ndas dan Pak Madul, juga sesuai aslinya. Dua begundal asli itu dikirim untuk memata-matai kegiatan penelitian Ayah sebagai abdi negara. Kini kedua orang mata-mata itu telah dikembalikan ke rumah sakit jiwa.

Jakarta, Indonesia, July 31, 2017.

Catatan Pendek Politik Idiom

Politik sebuah keputusan istilah. Dari suatu pengembangan daya pikir pada sikap pilihan. Bersifat personal atau kelompok menuju publik. Aneh, pada satu bentuk istilah kata itu "politik" tergantung dari sisi mana melihatnya. Menjadi relatif.

Cenderung menjadi daya guna, bisa juga jadi manfaat, pada pesona gigantiknya. Menjadi objek ketika subjek menyebut kata itu. Maka lahirlah perseteruan, persaingan, pergolakan, pengkhianatan, intimidasi, hipokrisi, hanya karena satu kata itu.

Trans kata itu, menentukan titik didih perjalanan individual, kelompok, lagi menuju massa. Perang di benua lain, kebrutalan di benua sana, makar di sebuah negeri atas angin, invasi militer di negeri jauh bagai dongeng, chaos.

Baratayuda antara isme, menjadi permainan percaturan politik idiom bagai aksara terbaca ataupun jungkir balik, seakan dunia dibuat kiamat sesaat.

Paranoia mencapai kepentingan bisa aklamasi atau pun individual. Menuju label atas nama. Kebenaran satu sisi, gelap di sisi sebaliknya. Senjata menjadi penentu kematian dalam satu kisah peperangan dari zaman ke zaman, dimulai sejak kaum nomaden hingga monarki dan modern.

Ambang batas ketika zaman itu, eksistensi harkat kehidupan seakan nol ketika sebuah peperangan meletus dalam sebuah kisah pewayangan. Seakan tidak ada kasih, tidak ada cinta.

Pintu atas nama terbuka pada ego makhluk hidup. Singa menerkam ayam kalkun. Kemenangan heroisme menjadi euforia. Isme monorel satu arah memanah rembulan mungkin juga bisa mampu memanah neraka atau pun surga.

Provokasi mendarat di antara situasi hidup. Makhluk sosial kehilangan keseimbangan daya rasional. Titik api menjadi bara, letupan, ledakan besar, kembali kekacauan kadang disebut reformasi meski kerugian atau pun keuntungan tetap ada di semua pihak.

Siklus menjadi putaran waktu. Para filsuf menulis titik balik, logika, bermain pada imajinasi, pada garis merah teori, pengembangan analisis, bergulir di mazhab, di ruang sang kala.

Meski seni kultus politik idiom, sama persis karakternya dari zaman ke zaman. Hanya di kemas berbeda label, teknologi dalam era berjalan paralel bersama inovasi kultural, dalam gala hipnosis daya watak dan daya pikir.

Perilaku kultural berkembang dalam teknologi dan sains, dalam era zaman terus bergulir mencipta manfaat, jika hal kultur edukasi tetap dalam ranah gotong royong. Salam Indonesia Unit.

Indonesia, 25/01/2018, 23/02/2023

Politik Mata Air

Semisal pembelajaran politik, atau, berpolitik, melalui tahapan dasar perilaku dalam olah rasa dan pikiran, maka tidak akan ada ketegangan bagai kompetisi tarik tambang, ngotot menang "ogah" kalah, meski kekuatan, kemenangan berada pada fakta legal empiris. Barangkali, tetaplah menjadi air memberi kesejukan pada anak-anak sungai lanjutan.

Pelatih bola, memberi situasi fisik bertahap pada calon-calon pemain menuju terbaik. Pesilat unggul tak lantas disulap jadi ahli tendangan, berkelit, terbang dalam satu sikap bertahan ataupun menyerang. Tai Chi Chuan, contoh kesempurnaan kesadaran Ilahiah memimpin oksigen meresap di setiap butiran darah, melatih otot dalam-keluar lewat pelatihan super bertahap, perlahan.

Totalitas kekalahan, sungguh totalitas kemenangan, demikian juga sebaliknya. Kehidupan kosmik, program kerja bagi kemenangan membantu realitas kekalahan, keseimbangan dari kemenangan, akan mencapai tujuan sesuai arah mata angin, menuju titik mata angin berikut, menggiring awan-awan berarak-arakan, menjadi keindahan di ruang dan waktu

Titik kulminasi nafas, kekuatan Tai Chi Chuan, menyimpan energi, dalam aturan biologis natural, di ranah tertentu. Ketika tubuh membutuhkan suplai energi, akan mengalir secara alamiah. Hal itu terjadi jika pelatihan pada tahap dasar matang, dengan daya disiplin tinggi, dalam arti energi santun akan membimbing tubuh, ruh dan pikiran pada makna fokus.

Bertemulah pengendalian tata laku, tata tutur, mengalir alami terekam baik pada aktual tubuh. Pada muara keseimbangan kosmos. Tubuh saling memberi isyarat asap indian. Tidak ada kata, teriakan tak terkendali di persidangan semesta tubuh mampu mengendalikan respon timbal balik, mengatasi masalah secara seksama, bijaksana.

Politisasi pikiran, sungguh bukan politik kebijaksanaan ilmu strategi kosmik terbuka, pada satu paparan lapangan tempur para kesatria adiluhung; Melahirkan politik mata air, tak kenal ambiguitas frasa konsonan penyebab gesekan ion molekuler, negatif. Pemicu rekonsiliasi stigma pakaian dan kepalsuan diplomasi untung-rugi, end-on, bagai konflik kawasan di benua jauh, tak pernah usai hingga kini.

Politik mata air, memberi makna keabadian super natural, hiper realis, menuju visi peradaban akan datang, tanpa melalui konflik bersifat manipulatif. Politik mata air, mempesona, memukau universal. Politik mata air, ada, di sekitar sejarah kultur spiritual membentuk jagat raya dan segala isinya. Menjadi keseimbangan semesta kini.

Sebagaimana mata air, politik mata air, merembes ke permukaan dengan satu pola intrinsik kesabaran alami, membentuk, memberi manfaat, terus-menerus, menuju inti hakikat, makrifat dan mufakat. Seperti air bagi kehidupan. Salam Indonesia Unit.

Indonesia, 09/02/2018, 06/02/2023

Bejana Geo-Humanisme

Konsep, ide dalam etika suatu negara. Menuju pada satu suara komitmen idealisme kenegaraan. Awal dari pemikiran negara dalam teori sangat luas. Melihat negara dari batas horizon pemikiran Plato, Montesquieu, Niccol Machiavelli, sampai dengan Immanuel Kant, saja. Esensial, bahwa negara adalah rakyat. Rakyat adalah negara.

Deskripsi pemikiran tentang negara terus bergulir, dipelajari oleh zaman. Manifestasi sejarah itu menjadi teori dasar berfikir. Menemukan momentum negara ideal dalam struktur azas hukum lampau hingga terkini. Proses argumentasi dicatat sejarah, untuk diketahui generasi diwaktu dan zaman berbeda-beda.

Perayaan demokrasi menuju angkasa dikumandangkan Cleisthenes pada era 508-507 SM, di kurun waktu zaman sejak era sejarah negara tradisi-monarki, menuju negara republik-demokrasi. Intelegensi berkembang dalam etos politik strategis. Pola perdagangan tak perlu rasisme politik dagang. Barangkali sekarang sudah terkikis, si rasisme itu. Meski cuaca perang masih menggema di jazirah jauh.

Transkrip sosialisme dari batas langit. Mungkin menjadi salah satu elemen demokrasi, muncul dari aklamasi kultur geo-budaya, di barat jauh sana. Menjadi senjata ampuh anti-ketakutan bagi mazhab kapitalis-pada sosok si sosialisme sekaligus dihantui oleh si marxisme, barangkali loh, lantas paradoksal menuju langit dunia.

Jika menilik pada seni perdagangan kapitalistik, tak peduli demi edukasi publik atau apapun, jika tak menguntungkan majikan korporasi, maka ditutuplah sebuah perseroan usaha dagang itu, tak peduli apakah itu media atau toko swalayan, dengan catatan kaki tak memenuhi standar kelayakan keuntungan.

Kini sebut saja era geo-kultur global. Kadang-kadang demokrasi diselewengkan oleh negara otoriter-diktator, kalau masih ada. Lantas fungsi rakyat sangat fundamental di isme-demokrasi, diremehkan, dianggap sudah diwakili oleh parlemen. Apakah keputusan parlemen selalu seratus persen mewakili keinginan rakyat.

Wacana etika politik partisan memberi isyarat asap indian, meski di titik tertentu dapat dikebiri oleh rakyat, semisal runtuhnya kepercayaan rakyat, akibat korupsi masih menjadi primadona. Memicu bara menggesek konflik, terjadi pada Hosni Mubarak, mantan presiden Mesir, dilengserkan rakyat oleh pola demokrasi.

Muncul pola politik baru strategis digelar. Guna mengembalikan kepercayaan rakyat. Konsep pola politik baru berjalan sebagaimana mestinya menumbuhkan iklim perdagangan untuk ekonomi rakyat, setelah gundah gulana sejenak akibat trauma konflik-invasi militer, misalnya, kepentingan politik atas nama negara demokrasi.

Masih ada pertikaian, diantara bangsa-bangsa, perang panas dingin di benua sana, berlomba unjuk senjata modern. Apa sesungguhnya kehendak kekuasaan, dari suatu pemerintahan. Perdamaian bagi bangsa atau pembunuhan pada hak-hak kemanusiaan. Jika konflik, antar bangsa-bangsa memicu tragedi kemanusiaan di benua mana pun.

Ke mana arah, tujuan hidup telah disepakati? Ketika pemimpin sebuah bangsa telah terpilih, sebagai pemegang mandat rakyat di era isme-demokrasi. Barangkali pertanyaan saja tidak cukup. Jika melihat kurun waktu sejarah bangsa-bangsa dari abad di masa kekuasaan imperium monarki Roma, dicatat sejarah. Mampu memperbudak, membunuh manusia dalam kedok istilah keren-Gladiator.

Seakan-akan kekuasaan manusia lebih hebat dari Sang Pencipta, maka penampakan diktum kekuasaan terlihat melewati batas hukum humanisme dari langit. Maka kekuasaan monorel manusia sebagai diktator-isme, monarki absolut duduk di singgasana, penentu hidup dan mati nasib manusia, di kala masa sejarah lampau.

Bagaimana dengan demokrasi modern kini, lahir dari geo-budaya dunia. Mampukah menciptakan perdamaian dunia. Disisi lain di antara negara anggota Perserikatan Bangsa Bangsa (PBB) terus berlomba menciptakan senjata modern nuklir, demi satu alasan kemajuan ilmu dan tekno persenjataan modern, demi keamanan kemanusiaan.

Hampir setiap waktu. Dari masa kecil hingga dewasa, pada umumnya, manusia diberi ajaran oleh moral lingkungan untuk senantiasa berbuat baik. Seperti tertulis di kitab-kitab suci kemaslahatan akal budi manusia, sebagai ilmu pengetahuan untuk hidup bersama di planet dunia, memberi tolok ukur kebaktian pada hakikat kebaikan dan kebenaran.

Kadang-kadang ada pertanyaan kepada alam raya. Untuk apa kehadiran makhluk manusia di planet bumi. Jika masih ada pertikaian atas nama sebuah isme. Apakah karena manusia tak mampu, mengendalikan kehendak negatif, berbanding lurus dengan positif. Meski akhirnya pilihan kembali pada nurani bening.

Naif memang diperlukan, barangkali hal itu mampu menjadi kontrol sosial ketika kehendak damai bagi jiwa individu dan publik menempuh cita-cita kemaslahatan hidup.

Tampaknya pelajaran berdamai dengan nurani, sebuah pencarian pengetahuan tanpa henti, setidaknya, mungkin mampu meredam konflik kepentingan, di tengah proses belajar bersama menuju perdamaian dunia ke-eskalasi humanisme. Menuju kesetaraan kehidupan demokrasi. Meski tampaknya masih terus sebagai sebuah pelajaran. Salam Indonesia Unit.

Indonesia, 13/03/2018, 08/01/2023.

Seni, Komunikasi, dan Seni

Belajar ilmu seni tak semudah membaca strategi politisasi koruptorisasi, move on kiri dan kanan, penggayaan pangsa pasar, target, isu berkelit bak bajing loncat kesiangan.

Seni, komunikasi, seni, bukan pula politisasi setengah badan asal membuat publik senang, lantas gratifikasi dalam laci seakan terkunci, menang tender abrakadabra bla bla do re mi fa sol. Semisal "Eh! KTP. Wah! Rame deh." Saling tunjuk siapa si hidung belang sebenarnya.

Sang kala malaikat abu-abu membuka kisah "Eh! KTP!". Layar dongeng di kurun waktu, tak terasa membentang kisah seni politisasi layar korupsi, dalam kisah kasih tak kunjung padam, ujung pangkalnya seakan sulit diurai, tak semudah mengurai benang kusut, bagai lazimnya sebuah kiasan, kisah berlanjut. Nurani moral hukum-hukum meneteskan air mata.

Seni, menggeliat tampil di tengah publik, semisal bertema hal tentang hakikat nurani sosial bagi sesama, tanpa perlu bisik-bisik atau kasak kusuk, di tengah gaya hidup dolar naik turun, di ranah untung rugi sesi seni perdagangan, dalam lingkup pusaran bisnis pasar modal, di lingkar diferensial angka-angka naik turun perolehan ekonomi, saham, go public.

Karya seni. Apakah itu patung, instalasi, lukisan, seni pertunjukan dan hal seni terhubung menjadi seni, komunikasi, seni. Menjadi realitas penting akal budi, memberi isyarat keselamatan natural-sosial kultur, kemaslahatan bersama di kehidupan teramat luas.

Seni tak sekadar "ngomong" Indonesia aku cinta kepadamu, tapi, di sisi ruang lain nun di sana bayang-bayang illegal logging ada tiada. Orangutan, dikejar momok pialang pembantai.

Di sudut abu-abu, tuyul, kroni durjana koruptor melipat angka satu menjadi koma, menjadi titik-titik di dalam amplop laci-laci kesurupan, seolah-olah tak sadar telah melakukan tindak pidana korupsi. Aha!

Lantas seni sebagai trans kultur, informasi, di lingkar edukasi, seni, komunikasi, seni, kadang di salah gunakan dalam hoax bagai penampakan di era geliat seni informasi digital jadi euforia negatif, isu-isu seakan datang dari langit antah berantah. Itu sebabnya seni, komunikasi, seni, tidak boleh jatuh, menjadi, alat propaganda negatif. Tidak boleh ya.

Betapa hebat dan adiluhung seni, kultur Nusantara-Indonesia kini, kaya ragam tradisi-tradisi di bawah naungan payung Pancasila Sakti. Mengapa sakti? Pancasila adalah hakikat, makrifat hidup Kebangsaan, sebagai "Kontrol Utama" demokrasi impor itu.

Seni memiliki daya juang sosialnya, ke arah tujuan cita-cita dari konsep pemikiran kolektif atau pun individual, kontekstual, untuk kemaslahatan bersama, penjaga gerbang kebudayaan-toleransi keberagaman.

Semisal seni poster atau mural anti korupsi, lahir dari realitas sehari-hari, akibat alotnya menggempur paham durjana koruptor dan para kroninya-si tuyul manipulator adaptif.

Perilaku korupsi bukan soal kesempatan, tapi soal kesadaran untuk mencuri hak sesama warga negara. Omong kosong! Perilaku korupsi karena alasan kesempatan atau lupa, khilaf. Lucu deh!

Korupsi adalah soal perhitungan rasional strategis, politis, anti toleransi trans kultur, berdampak irasional, merugikan orang banyak-negara. Wajib dibasmi dari muka bumi negeri tercinta ini.

Itu sebabnya pula seni memiliki semacam senyawa kimia analisis, seni, komunikasi, seni, untuk "keselamatan natural" inheren menuju tanggung jawab bersama, demi kemajuan bangsa dan negara di ranah edukasi. Semisal dalam bentuk poster "Ganyang Mafia Narkoba!"

Bentuk-bentuk seni bisa beragam 'image' dari berbagai materi, desain, komunikasi, baik dalam bentuk visual, tipografi, musik, film, pagelaran seni pertunjukan, menjelma dalam bentuk-bentuk realisme, simbolis, meruang paradigma di antara niskala imaji universal, nurani para kreatornya.

Seni senantiasa mengisyaratkan bentuk seni, komunikasi, seni, kepada publik menuju tampilan komunikasi edukatif akal budi, bermanfaat toleran untuk pemirsanya.

Dari ragam bentuk unsur-unsur seni, baik tradisi maupun zaman now, mengisyaratkan esensi komunikasi di batas moral acuan estetis. Lahir dari nurani bening, seni mampu menghadirkan beragam kisah, cinta dan kasih sayang, tetap terkandung di dalamnya, imajinatif, bermanfaat edukatif.

Tentu dalam konsep jalinan kesadaran estetika kultural tradisi dan now, seni, komunikasi, seni bermanfaat sebagai sosio-otokritik, sosial. Semisal, seni poster gambaran sosok koruptor sebagai setan pencabut nyawa di tengah swadaya tawar menawar hoax, bertopeng-topeng bagai gerakan "the invisible hand" di musim malam purnama bak serigala kelaparan melolong-lolong.

Tega ya! Jadi pengkhianat bangsa sendiri-memproduksi hoax. Perilaku negatif macam itu, barangkali bisa disebut setara perilaku koruptif, manipulatif dan makar.

Tampilan seni di tengah publik tentu menunjukkan keahlian seni, komunikasi, seni, para kreator. Semisal lewat karya seni instalasi ruang dalam format asli lokal atau pun kultural adaptif. Muncul direalitas seni modern, tanpa mengabaikan tradisi sebagai Ibu dari seni modern atawa sebut saja seni zaman now, lagi, telah lahir kecerdasan akal budi dari rahim publik.

Lihat deh! Seni candi-candi di Indonesia sejak zaman old. Terus berdiri gagah dan tegap, tetap menyapa zaman now dan akan datang. Semisal, semarak menjadi karya seni drama, film, lenong, reog, tari, seni rupa panggung, mural-seni ruang publik, seni musik dan susastra. Beragam rupa dan bentuk, terus lahir dari seni kreatif orang muda.

Betapa indahnya seni instalasi batu candi-candi, itu sebabnya pula jangan asal kontemporer atau modern, jika belum mau peduli pada karya besar seni instalasi batu candi-candi dan susastra itu ada di dalamnya. Boleh melangkah, menguapkan seni modern ke angkasa. Tapi tetap dalam iman seni di tanah negeri indah ini.

Seni tradisi Indonesia memiliki beragam simbol, seni, komunikasi, seni, mengisyaratkan modernis, dalam upacara besar dari kurun waktu sejarah dunia sejak zaman lampau sebelum masehi hingga kini, kultur adaptif, dalam *fashion week* di atas *catwalk* para perancang mode. Memberi bentuk-bentuk simbolis arsitektur, kesusasteraan, dan seni terap terampil.

Semisal, tenun ikat berpola, ulos dengan beragam corak dan ketentuan budaya tetua adat istiadat, sastra tutur, totem-totem, bentuk rumah Batak klasik, Nias, Toraja. Kain serat Sumbawa, Kalimantan, Lombok, Bali dan seterusnya dari ujung Aceh hingga Papua dengan kekuatan estetis warna merah dan putih sebagai dasar dari komposisi, di kain, kayu-kayu maupun di batu.

Hal itu hanya sebagian kecil saja dari kekayaan seni budaya milik negeri tercinta ini, negeri para nelayan, petani, pengayom tradisi-tradisi, negeri orang-orang muda kreatif anti hoax.

Fakta, bahwa seni modern itu, ada di sejarah seni Indonesia, ada disetiap seni mengolah subak, seni kriya kayu, totem batu-batu, seni ikat, seni serat-kain Indonesia, penuh warna indah ikatan multikultur. Beragam pesona bentuk sejarah seni budaya

Indonesia, edukatif, memikat dalam format-term of moralism. Hal itu pula, membuat nenek moyang dari bangsa-bangsa benua jauh sejak masa sejarah lampau, terpesona pada Indonesia Raya.

Keindahan, pola santun dalam laku dan tutur edukasi adalah Ki Hajar Dewantara, mendudukan pengajaran kesetaraan edukasi sekolah Taman Siswa, di tengah kaum kolonial. Itu sebabnya pula karena aku Indonesia, maka aku tetap mendukung Komisi Pemberantasan Korupsi (KPK). Salam Indonesia Unit. Konsisten memberantas durjana mafia korupsi dan narkoba.

Indonesia, 19/03/2018, 28/02/2023.

Niskala Imajinasi

Apa itu tolok ukur? Semacam satuan ukuran di pikiran, menentukan tujuan dari target hal akan pencapaian. Baik oleh personal maupun kelompok kreatif. Bisa kelompok peneliti, praktisi atau ahli, eksak maupun non eksak.

Sains juga memerlukan imajinasi boleh dibilang semacam hipotesis menuju sintesis, masuk dalam laju alur-alur pikiran, melalui data konkret atau pun imajiner. Menilik hal itu maka seni, bukan hal terpisahkan dari seni ilmu eksak.

Bagi alam pikiran makhluk manusia bukan hal asing dalam menjelajah pencarian tanpa henti alias belajar dari ilmu ke ilmu pengetahuan lainnya atau lanjutan dan seterusnya.

Semisal bagaimana mengabadikan tetes embun pagi di ujung-ujung ilalang menjadi karya foto terindah. Seorang fotografer akan menjelajah pikirannya mengembangkan seni imajinasi di rasanya, merekam dengan baik di otaknya.

Selanjutnya secara instingtif dia akan menuju tempat keyakinannya secara nyata (empiris) di sebuah padang ilalang di tepi lereng bukit. Hanya di sana ia menemukan karya alam pada waktu tertentu embun pagi tebar pesona seperti keyakinan estetis miliknya.

Albert Einstein, konon memulai teorinya dari dunia khayali, berdasarkan kesadaran fisika kembali bolak-balik menuju metafisika di otak cerdasnya. Pertemuan berbagai nalar akal budi menjadi daya tarik menarik di dalam imajinasi seorang eksak seperti Einstein.

Gemparlah dunia untuk sementara waktu ketika, Einstein, mengumandangkan teori relativitas di luar gravitasi bumi lalu masuk ke dalam gravitasi antar planet, bolak balik mengenai seputar kejadian jagat fisika-metafisika, imajinasi menuju gravitasi akal budi kehidupan bimasakti.

Berkembang lagi dan berkembang lagi ke ranah para filsuf terkemuka, modern hingga estetis-isme, kepercayaan pada suatu keindahan ada dalam alam pikiran manusia, naturalisme kemurnian alam pikiran realitas alam hidup, bumi dan planet-planetnya dan banyak lagi hal unsur estetis bersifat kosmis itu, bagai lukisan sains, organik dari unsur sel spesies di bawah mikroskop seorang ahli, peneliti.

Mengembangkan alam imajinasi tak harus dengan kebodohan menggunakan obat mengandung zat adiktif jenis narkoba, dengan alasan stamina, hal tak patut di contoh dan non-toleran. Jadi hanya manusia bodoh alias idiot, menggunakan zat semacam itu untuk mencapai imajinasi.

Sejarah monarki diktator kaisar Romawi, Caligula atau Gaius Caesar (31-41M). Salah satu sejarah makhluk manusia dan kekuasaannya paling buruk. Ada tiga faktor perusak manusia, korupsi, pornografi, narkoba, tiga serangkai itu tak terpisah jauh dari hidup manusia, amoral, merusak mental dan fisik. Kembali pada pilihan nurani bening manusia, ke kiri atau ke kanan.

Meski tak dapat dipungkiri kekuasaan manusia di sejarah habitat perkembangannya, kadang cenderung bersifat destruktif pada lingkungan, semisal, illegal logging, deforestasi akibat hutan dibakar. Jadi sangat wajar jika bencana iklim global menjadi ancaman utama paling mengerikan, dibanding perang modern nuklir, itu sebabnya baik-baiklah manusia pada lingkungannya.

Manusia jangan sombong. Mentang-mentang punya teknologi mencoba menantang alam natur. Perlu dicatat. Alam tidak pernah bohong pada makhluk hidup, selalu tepat janji jika sudah waktunya, alam akan mengembalikan kesempurnaan dirinya, lalu disebut bencana iklim global. Justru makhluk hidup bernama manusia kadang ingkar memberi cinta kasih pada alam raya.

Konon pula, katanya nih, kaldera terbesar dan masih aktif di dunia ada di Selat Sunda, di lingkar Krakatau purba. Konon pula, ledakan dahsyatnya mengakhiri Zaman Pleistosen 11600 tahun lalu, telah ditulis dalam buku, *Atalntis The Lost Continent Finally Found*, oleh *Prof. Arysio Santos*, Geolog dan Fisikawan Nuklir, asal Brazil, hasil melakukan penelitian selama 30 tahun.

Sekali lagi, itu sebabnya pula manusia tidak boleh sombong. Tidak ada satupun, dalam bentuk apapun, bisa menghentikan kehendak alam, kapanpun, kalau mungkin bencana iklim global itu akan datang dengan dahsyat dan mengerikan.

Mengembangkan imajinasi untuk mencapai manfaat keilmuan sangat sederhana. Lakukan perjalanan iman pengetahuan. Sesuai kebutuhan. Bisa lewat penelitian laboratorium, menjelajah alam perkotaan, alam natur, traveling dan seterusnya banyak lagi.

Proses pelatihan otak (empiris), bisa juga dengan cara sederhana, menghitung sepuluh jari dari kanan ke kiri dengan cepat bolak balik setiap hari selama 5 menit, bermanfaat untuk stimulasi otak, bisa dilakukan dimana saja. Olahraga standar cukup, jogging, panjat tebing, mendaki gunung, naik sepeda dan banyak lagi sesuai kenyamanan pilihan.

Biarkan tubuh menyerap oksigen sebanyak mungkin, menyantap makanan sesuai standar gizi, kini banyak info mengenai hal gizi di internet edukasi, pendidikan gratis pula. Jika bicara kini maka tak ada alasan untuk malas menjaga kesehatan, ada banyak cara, info tentang hal kesehatan.

Perlu dicatat juga konon sel otak makhluk hidup sekelas makhluk manusia boleh dibilang nyaris sempurna, konon, lebih banyak sel otak manusia dari jumlah gemintang sebatas mata memandang luas langit. Konon satu sel otak mengandung, menyimpan teori dari rumusan-rumusan eksak atau pun non eksak, telah disediakan oleh zat tak seumpama apapun (Ilahiah).

Nah, itu sebabnya perlu pendidikan sebagai alat kontrol pada otak manusia. Agar selalu belajar dan belajar. Kalau menjadi manusia malas maka tak akan bertemu ilmu dan pendidikan.

Ada berbagai ragam pilihan jenis-jenis pendidikan, merupakan salah satu sarana mengembangkan manfaat imajinasi. Bisa melalui sekolah, akademi atau pun autodidak, alias belajar keahlian khusus sesuai minat. Sebagai acuan menurut Kamus Besar Bahasa Indonesia (KBBI). Autodidak; Orang yang mendapat keahlian dengan belajar sendiri.

Wassily Kandinsky, pelukis modern abstrak kelas dunia, autodidak, ia tidak belajar melukis formal di akademi, ia hanya berlatar belakang sekolah hukum. Tapi mengapa isi otak Kandinsky lebih besar kepada ranah seni, barangkali ia menyadari minat di otaknya memiliki imajinasi tentang ilmu seni melukis abstrak itu.

Demikian pula dengan Thomas Alva Edison jagoan penemu bola lampu listrik, gramophone dan kamera film itu, guru pembimbing membaca, matematika dan ilmu sosial adalah Ibunya, memberi buku-buku bermanfaat, ia belajar juga secara autodidak.

Juga Presiden pertama Republik Indonesia. Ir. Soekarno, ia pelukis naturalisme dan realisme, juga autodidak. Itu sebabnya jangan pernah takut untuk mengawali belajar hal baru bermanfaat. Mulailah dengan mengembangkan imajinasi positif, ngobrol dengan orang terdekat, Ayah atau Ibu dan sahabat-sahabat. Always *think positive*.

Maaf, semisal sekarang hidup lebih dari berkecukupan. Manfaatkan hal itu menjadi modal dasar untuk belajar tanpa henti bagi orang muda dalam pengertian khusus pilihan edukasi, di ranah umum tetap gaul positif di zaman now. Berbagi pada sesama jangan dilupakan.

Mengapa? Berbagi kepandaian sesungguhnya melatih apapun hal telah dimiliki agar terus terlatih, semakin peka, tajam, cerdas dan mumpuni. Tak ada ilmu tak bermanfaat positif.

Kecuali manusia berilmu, lalu disalah gunakan untuk mencuri uang negara alias korupsi. *No!* Jangan ya! Hal itu sangat tidak baik untuk kesehatan personal maupun publik. Juga *"Say No!"* pada narkoba.

Hidup itu amat menyenangkan, ringan, selalu bahagia, selalu bersyukur, itu sebabnya wajib patuh pada iman keyakinan, patuh pada disiplin diri, saling menghormati, tidak menghujat sesama dengan corong pengeras suara di ruang publik, hal itu bukan pelajaran iman kebaikan di kebenaran. Salam Indonesia Unit.

Indonesia, 25/03/2018, 21/02/2023.

Sehat Sangat Indah

Gejala atau tanda-tanda suatu penyakit kadang terasa ataupun tampak, namun ada kala mencoba dilupakan atau membiarkan karena tak terlalu mengganggu internal sekaligus eksternal. Mungkin juga dibiarkan karena keterbatasan suatu hal. Penyakit itu muncul secara sporadis. Bagai virus berubah cepat secara adaptif.

Lantas ketika muncul memicu kekacauan kesehatan, terasa mengganggu organ lain, virus semakin melompat-lompat menempati sel-sel subur dalam pola hidup sehari-hari, berkembang biak serupa serangan berkala, meski sesungguhnya telah terjadi kelalaian mewaspadai kesehatan tubuh, ketika awal suhu tubuh tidak stabil.

Kepanikan melanda, sel-sel tubuh telah berubah menjadi tisu kanker. Lantas baru terbuka kesadaran telah lalai, terlena life style di bawah lampu-lampu neon bagai laron-laron berebutan terbang dari gelap mencari cahaya. Ingin sehat meski, barangkali laron-laron memiliki kesadaran keterbatasan kesehatan, dalam terang sekalipun.

Sementara kunang-kunang senantiasa siaga meningkatkan kewaspadaan di musim apapun, di cuaca apapun selalu hadir, dengan cahaya di tubuh, tampak selalu sehat dengan cahaya terang di tubuh menerangi sayap-sayap mereka dalam gelap sepekat hitam paling pekat sekalipun, itu sebabnya kunang-kunang senantiasa waspada pada kesehatan.

Baik kesehatan pikiran, nurani serta perilaku pada sesama, mereka berbagi cahaya pada makhluk apapun termasuk pada manusia. Meski kunang-kunang tahu, manusia tak sepenuhnya berani menyatakan kesalahan, menjadi koreksi diri secara seksama tanpa alibi. Salah ya salah. Benar ya benar. Nurani, mengetahui apapun perilaku manusia.

Itu sebabnya pula barangkali di peradaban manusia ada textbooks hukum-hukum, filsafat moral hingga materi, bahkan mampu mempertimbangkan unsur-unsur anasir atom pembentuk sel-sel tubuh, dari awal badan bagai ruang hampa menjadi intelegensi pembentuk hidup rohani menjadi jasmani. Menuju rasionalisasi akal budi.

Akal budi, intelegensi, memberi skema logaritma matematis kebenaran hitungan tumpuan eksak benda padat berisi unsur-unsur molekul unit atom. Tembok misalnya, jika benda tembok itu kokoh masif, dibangun dengan moral tujuan perlindungan steril, agar tak mudah diserang virus jamur, pasti di dalam dinding batu itu dilapisi lempengan baja.

Maka matematika logika struktur sipil tembok dengan lapisan molekul struktur baja di dalam molekul bata, menjadi kekuatan ganda unit atom. Pasti kuat. Tidak mudah digempur oleh tenaga di bawah kekuatan unit tembok berlapis ganda, unit atom baja plus atom batu. Itu sebabnya eksak merupakan hitungan pasti. Sederhana. Natural.

Menjaga kesehatan badan memang seyogyanya tidak boleh lengah. Scene by scene, sebagai makhluk hidup pasti rentan ancaman kesehatan dari luar atau dari dalam. Baik berupa virus di darat maupun di udara. Tidur jangan terlalu nyenyak, agar kesehatan jiwa tetap mengontrol intelegensi, agar tetap waspada.

Salam bahagia, penuh cinta, tetap sehat dalam Indonesia unit.

Jakarta, Indonesia, May 18, 2018.

Kala Matra Logika

Benar. Semar kalau kentut bisa mengguncang angkasa itu sebabnya para dewa di langit, sungkan, jika Semar memohon sesuatu untuk kemaslahatan planet bumi. Semar boleh dibilang jarang meminta apapun, apalagi fasilitas naik gaji atau mobil mewah, padahal kerja sedikit banyak permintaan, cuma duduk, protes kiri kanan di belakang meja.

Semar, kalau pun memohon sesuatu kepada dewa, tidak untuk kepentingan, diri sendiri. Semar, mengabdi untuk semesta nurani meski hal itu tak pernah tampak, baik secara metafisika maupun logis, bagi Semar tidak penting benar, hal itu hanya istilah eksak ke non eksak bagai sinonim ke antonim bolak balik begitu saja.

Bagi Semar, hidup bersama di planet bumi memelihara kebaikan, saling menghormati, terpenting, utama, dibanding makan atau minum atau hal bersifat materi. Itu sebabnya kesaktian Uwak Semar, tidak tertandingi oleh siapapun, termasuk kaum raksasa pemilik saham patgulipat sekalipun. Enggan perang tanding, berhadapan dengan Semar.

Bagaimana mungkin akan perang tanding. Mendengar nama Semar saja para makhluk sakti dalam bentuk apapun langsung patuh. Sebab tak mungkin makhluk sekelas dewa seperti sosok Semar, bersahaja, hanya memiliki kekayaan kain poleng kotak-kotak hitam putih serta kalung berbentuk lonceng di lehernya.

Dengan wujud, wajah antara senyum seakan menangis, tidak ganteng tapi karismatik di antara sederet dewa top di kahyangan, murah hati murah iman suka menolong senantiasa inheren dengan semesta, universal. Bagi Semar hidup sekadar kesadaran sementara, tak ada kekal, namun wajib adaptif menghormati sesama.

Itu sebabnya Sang Hyang Tunggal turun ke bumi, berubah rupa menjadi Semar. Dengan wujud fisik penuh simbol dalam arti luas. Tubuh Semar bulat merupakan simbol bumi tempat tinggal semua makhluk, simbolik, kesederhanaan, melahirkan berbagai inspirasi multitafsir, makna kesuburan, kebaikan, keseimbangan semesta berkelanjutan.

Logika Semar, rasional, sosio humanis, membuka spirit langit maha luas memberi kesadaran, makhluk hidup bermula menuju akhir, tak ada satupun hidup tidak berguna bagi sesama jika ihwal kesadaran kelahiran makhluk apapun kembali pada induk, pada Ibu Semesta-Alam rahim, merupakan kala matra logika.

"Ibu" melahirkan bangsa-bangsa di planet bumi, kamus besar peradaban keilmuan di semesta. Tidak ada hal terhebat suatu perjuangan cinta sekaligus kasih sayang, selain kala matra logika "Ibu" melahirkan keturunan untuk dunia. Itu sebabnya pula mengapa Socrates (470-399 SM) menghormati, menyayangi Ibunya berprofesi bidan.

Tidak pernah sedikit pun Socrates membuat teror bagi sesama pada masanya. Namun pertanyaan-pertanyaan Socrates, teror, mumpuni bagi sesama, siapapun, bertemu dia di jalanan, di pasar maupun di alun-alun kota kelahirannya Athena, senantiasa membuka wawasan intelegensi sesama, bagi kesejahteraan kebijaksanaan akal budi.

Jika kesombongan menyerap-isme ataupun neo-isme tidak dengan nurani akal budi, tapi, hanya dengan cara pandang sempit melihat tolok ukur hidup, sebatas, nilai horizon seperti tampak lurus, sesungguhnya merupakan garis lingkaran tak terhingga dalam jumlah sudut multi logaritma, membentuk keseimbangan akal budi semesta.

Salam Indonesia Unit, rumah perdamaian bagi semua cinta.

Indonesia, 20/05/2018, 10/01/2023.

Difusi Aksiologi

Kerjakan saja. Sudah tertulis dengan seksama. Lakukan ikhlas saja. Mengalir saja. Matahari tak pernah menghitung berapa besar manfaat cahaya bagi bumi telah diberikan, ikhlas. Demikian pula kebijaksanaan semesta bagi keseimbangan gravitasi para planet. Semesta tak pernah berhitung untung rugi nilai logaritma.

Tak terbayangkan jika matahari ngambek pada bumi ataupun bulan. Maka gelap hal ihwal segala cinta bagi sesama. Rembulan tak lagi bercahaya, gerhana pun tak ada. Jadi makhluk hidup jalani saja ikhlas segala hal ujian, pujian atau apapun hal ihwal ada atau pun tiada. Tak ada terang jika tak ada gelap, sebaliknya pun demikian, mungkin.

Wah repot dong kalau semua hal serba ikhlas. Mendadak ditempeleng Gorila pun, juga, harus ikhlas. Ahai! Tidaklah demikian sobat. Gorila tidak mengganggu makhluk lain jika dia tidak diganggu.

Ada makhluk kecil "undur-undur" sangat indah tempat dia bermukim bagai putaran semesta berpusat di tengah pusaran dia tinggal bersahaja. Tubuh kecil undur-undur berwarna abu-abu serupa tanah rumah tinggalnya.

Undur-undur tidak mengganggu makhluk lain apalagi manusia. Justru masa kecil saya mengganggu rumah undur-undur karena didorong rasa ingin tahu sebagai alasan, ketika Ibu menegur saya. Itu artinya disaat sama, dua hal negatif terjangkau sekaligus.

Pertama saya mengganggu ketenteraman kediaman rumah undur-undur. Kedua saya bohong pada Ibu karena rasa ingin tahu maka saya mengusik rumah undur-undur.

Tidak satu pun dari dua hal itu membawa saya pada kini kebaikan, selain penyesalan tak habis-habis. Ketika Ibu bertanya mengapa saya melakukan dua hal itu. Saya mengakui sebagaimana adanya, dengan sesal di pangkuan Ibunda. Indahnya masa kecil.

Namun dua hal itu pula menjadi pelajaran. Mengakui kelemahan hal ihwal paling positif, hebat. Jangan lempar batu sembunyi tangan. Itu teror namanya.

Mempercepat pembangunan lapas Nusakambangan untuk narapidana khusus teroris, semoga lebih baik dari lapas versi lama. Sugesti mencipta kemaslahatan, memberi rasa aman, ketenteraman publik demi keamanan nasional. Presiden sebagai Panglima Tertinggi, telah menunaikan kewajibannya.

Mungkin saja, ini mungkin loh, barangkali, namanya juga angan-angan rakyat kecil, tapi semoga, tak lama lagi, sungguh semoga dengan doa khusuk, segera ditambahkan pula lapas khusus para koruptor di Nusakambangan. Hal itu layak. Korupsi merupakan kejahatan strategis, berkelompok, serupa terorisme, di sesi ekonomi.

Kerja membangun hal infrastruktur untuk kepentingan toleransi sosio ekonomi, dari desa ke kota atau sebaliknya, itu sebabnya pula, mungkin, terjadi pola percepatan pekerjaan berkualitas. Guna mencapai toleransi publik pada sesi ekonomi, industri desa ke kota atau sebaliknya percepatan pertumbuhan agrowisata, pencapaian agropolitan, misalnya.

Perluasan ekonomi perdagangan dalam negeri, jadi primadona di negeri sendiri. Semisal jeruk segar Kalimantan tak sampai ke Jakarta, diserap kebutuhan lokal daerah misalnya, salah satu bentuk sederhana dari agro-ekonomi desa ke kota, atau sebaliknya salah satu pemicu pertumbuhan agroindustri pengembangan agribisnis, misalnya.

Itu sebabnya pula Presiden berpesan kalau mengkritik jangan 'Asbun.' Boleh mengkritik pemerintah berdasar data, konkret. Hal itu selaras kontekstual demokrasi-humanis.

Humanisme, lebih dulu dikenal sebelum demokrasi diimpor menjadi kini, awal mula diperkenalkan di Athena oleh Cleisthenes di era 508-507 SM, menjadi demokrasi paling bersih paling kuat kala itu, konon.

Demokrasi sebagaimana lazimnya adalah isme buatan manusia. Demokrasi, bertujuan mencapai iman humanis. Meraih percepatan pertumbuhan. Negara maju, bermanfaat bagi semua bangsa-bilateral maupun multilateral. Itulah salah satu cita-cita Pancasila.

Demokrasi merangkum akal budi. Toleransi optimal akulturasi ruang publik, menjaga hati saling menghormati, melangkahkan kesantunan intelegensi bening nurani. Tak sekadar *'life style'* agar terlihat keren, teriak-teriak di tengah hiruk-pikuk menambah kemacetan. Sementara negara tetangga telah mencapai pasca teknologi luar angkasa.

Life style, semacam itu sebaiknya tak bikin susah masyarakat pemilik ruang sosial kemaslahatan kenegaraan menuju cita-cita kerja bersama. Jangan galau sebelum tahu kebenaran. Jadilah benar sebelum kebijaksanaan. Jangan jadi demokrasi bikin macet akal budi. Mengganggu aktivitas umum, menuju kerja meraih masa depan pendidikan.

Bersama mencipta realitas meraih masa depan. Selamat bekerja bagi kita semua. Salam bagi semua cinta dalam Indonesia Unit.

Jakarta, Indonesia, May 26, 2018.

Mempertimbangkan "Neo-Sensor"

Semisal "Dilarang Merokok" atau "Jangan Kencing Disembarang Tempat" atau "Dilarang Kencing Disini." Kalimat sederhana itu hampir ada disemua 'public space' seterusnya berkesinambungan, tertangkap oleh makna daya 'Sensor Akal Budi' menjadi "Neo-Sensor."

Teliti sebelum membeli. Teliti sebelum melanggar aturan di ruang publik, contoh lebih sederhana lagi, jangan melanggar aturan muatan artikel di Kompasiana, semisal.

Arus informasi, hal ihwal diatas itu, mungkin, semacam tolok ukur sederhana dari aturan-aturan sederhana sekali. Mengingatkan, betapa pentingnya filosofi tata laku sopan santun.

Namun tampaknya, mungkin, sedang, akan, mencapai pada hal ihwal diinginkan oleh aturan, pemberitahuan, moral baik-benar itu, merupakan salah satu unsur tata laku iman lingkungan untuk sesama insan penghuni planet Bumi. Ini barangkali loh.

Semisal, sederhana lagi, selama masih ada polisi tidur di jalan raya kelas dua atau kelas tiga, mungkin semacam pertanda bahwa tertib berlalu lintas, sedang, akan, sampai seperti diinginkan, tapi, mungkin belum mencapai seperti keinginan aturan-aturan moral tertib berlalu lintas.

Tidak ada hal ihwal salah dalam konteks larangan diatas itu, segala hal baik, benar, iman kembali kehati masing-masing makhluk hidup atau manusia di kolong langit ini.

Tak seberapa jauh berbeda dengan pilihan perang atau tidak, juga kembali pada nurani suatu pemahaman kekuasaan, entah itu di tingkat Rukun Tetangga (RT) ataupun di tingkat Rukun Warga (RW), hingga menyangkut bilateral maupun multilateral.

Semisal lagi, hal-hal masih terjadi hingga hari ini, peperangan, di nurani makhluk hidup, juga manusia, maupun di seberang jauh benua lain. Apa sih sebabnya.

Kadang hal naif itu seperti nongol di permukaan nurani bening. Menjadi pertanyaan ringan. "Mengapa ada perang." Namun, ada pula nyaris tak serupa atau mungkin, memang hampir jarang dipertanyakan, ini barangkali loh, oleh kenaifan. "Mengapa ada moral super baik-benar" mungkin, baik-benar kadang-kadang, konon, masih dilanggar. "Perselingkuhan..." misalnya.

Semisal lagi nih, kontekstual, barangkali loh, dengan kalimat hal ihwal larangan sederhana di atas itu, kalaupun mau ditarik benang merah lebih jauh, ada moral 'super baik-benar' larangan mencuri, namun masih ada saja pencuri.

Entah itu pencuri hak hidup (korupsi, misalnya) ataupun pencuri hak mati (bunuh diri, misalnya) padahal hal bunuh diri atau mencuri, jelas, benar-benar, dilarang oleh moral 'super baik-benar' dimanapun, kapanpun.

Bahkan konon dengan alasan apapun, mencuri, menyakiti (mencubit saja. misalnya), atau berbohong atau melempar kalimat kurang sopan pada orang terdekat, atau orang terjauh pun sebaiknya tidak dilakukan.

Demikian pula, konon, menurut moral super baik-benar (iman di nurani bening). "Loh! Makhluk hidup itu kan serba kurang sempurna!" "Oh! Iya. Lantas! Apakah karena kurang sempurna boleh berbuat hal negatif."

Kembali lagi pertanyaan, ngobrol-ngobrol, antara hati (nurani) dengan logika akal budi, semoga menemukan, mampu mempertimbangkan bersama "Neo-Sensor" sejenis atau semacam hal ihwal larangan sudah diketahui, untuk, tidak dilanggar, oleh perilaku negatif-menutup iman, membelokkan akal budi, agar melanggar, hal baik-benar. Melanggar rambu-rambu lalulintas, semisal.

Bahwa filosofi moral super baik-benar, bertemu Neo-Sensor, semacam teknologi natural berada di nurani mengirim data ke otak, akal budi, bolak-balik, dari kepala ke nurani, menelaah, mempertimbangkan secara seksama, hal ihwal aturan telah diketahui, dimengerti, untuk tidak dilanggar. Semoga.

Bahwa telah dibuat aturan tata laku tertib untuk tidak dilanggar, hal sudah diatur, dari tingkat RT, RW, hingga lembaga-lembaga formal negara, demi, kemaslahatan bermasyarakat, bernegara, di ranah sosio-bela negara, di sosio-humanis, misalnya.

Contoh lebih sederhana lagi, semisal "Buanglah Sampah Pada Tempatnya." Akan tetapi sayang sekali kalau sekelas sungai Ciliwung masih membawa sampah, limbah-limbah kesinoniman menuju muara lautan di ujung Jakarta, misalnya.

Rasanya tidak ada, dalam sejarah, negara, merugikan rakyat. Konon negara adalah rakyat sebab rakyat adalah negara, demos-kratos, konon, menurut isme-demokrasi, lahir di Athena, oleh, Cleisthenes di era 508-507 SM, untuk dunia.

Di kurun waktu kemudian, isme-demokrasi impor itu, adaptif, berkembang, di berbagai disiplin ilmu pengetahuan, sosial, sains (nuklir, misalnya), filosofi, ketatanegaraan, salah satunya, berkembang lagi menjadi teori-teori, pemikiran, Trias Politica-Montesquieu, misalnya, lanjut menjadi fitrah negara modern menurut para ahli pikir tentang tata laku, kenegaraan.

Neo-Sensor, mungkin, boleh juga disebut-pengendalian diri, alias, teknologi natural, nurani, telah menjadi milik makhluk hidup sejak diciptakan. Untuk memahami, telaah, niscaya, pada aturan, mengatur, hal ihwal moral baik-benar, peradaban, di kehidupan.

Ini sekadar artikel sederhana untuk melihat cermin diri sendiri loh. Apakah sudah keren atau belum. Barangkali. Salam Indonesia Unit. Semoga bermanfaat.

Jakarta, Indonesia, June 16, 2018.

Peran Pengganti Jokowi Asian Games 2018

Ini belum jadwal menulis untuk pacar tercinta Kompasiana, harusnya masih akhir bulan, karena kuota ehem! Tapi karena estetika-spektakuler pembukaan Asian Games 2018, jadi gemes deh.

Nah, perlulah kiranya hamba sedikit memberi telaah. Bilamana ada kekurangan disana sini mohon kiranya dimaafkan ya. Baiklah hamba mengerucut sedikit, agar lebih terfokus sedikit pula, cukup serba sedikit, pada fokus-seni pertunjukan.

Sederhananya seni pertunjukan ada dua jenis, seni pertunjukan, pertama spektakuler, arti sederhananya pula kurang lebih, perhelatan seni untuk publik dalam arti luas. Satu lagi seni pertunjukan non-spektakuler, seni bagus dalam lingkup arena sederhana.

Secara esensial, seni pertunjukan, apapun itu adalah spektakuler. Ini intinya. Terbukti pembukaan Asian Games 2018, teramat indah-spektakuler, itu tercermin pada tanggapan positif seperti ini: Peran Pengganti.

Jadi kalau mau balik menyoal spektakuler atau tidak, kembali pada publik. Karena publik penentu nasib atau keberhasilan sebuah pertunjukan, setelah tim kerja seni bekerja maksimal.

Karena ada hal disebut, rancangan pemikiran atau ide. Dari hal sederhana itu terciptalah seni pertunjukan berbagai bentuk. Kembali menyoal spektakuler atau tidak, hal itu akibat dari esensi ide atau bisa disebut juga inti ide, dasar pemikiran dilahirkan oleh konsep estetika kreator.

Maka terjadilah sebuah perhelatan seni pertunjukan. Apakah itu 'live perform' (maaf saya memakai istilah asing) karena bahasa pelajaran komunikasi seni pertunjukan sesungguhnya memang harus memakai bahasa aslinya.

Mengapa? Karena bahasa itu sudah milik dunia, disana ada simbol-simbol komunikasi klasik hingga kini (kontemporer) antar bangsa-bangsa di dunia, misalnya, *lighting system, art performance, stage designer, scene designer, art director, backstage, upstage, center stage, proscenium, arena, trust stage, black box stage, backdrop,* seterusnya. Maaf nih, bukan sok asing tapi, realitasnya memang begitu.

Baiklah hamba akan mengerucut lebih singkat, menyoal peran pengganti Presiden RI, Joko Widodo, dalam pengadeganan kena macet dengan kostum lengkap menunjukkan kesadaran estetika untuk dipersembahkan kepada publik, keren, oke banget. Kagum pada tim kerja generasi milenial hebat itu.

Di sana ada komunikasi visual bahwa sangat tidak mungkin menghadirkan sosok presiden dalam adegan, katakanlah berbahaya (tapi, misalnya, seumpama loh, itu dilakukan oleh Presiden RI, Jokowi, keren banget, keren abis) Itu sebabnya pula dalam tayangan film pendek tersebut terlihat kepiawaian tim editing. Sehingga melahirkan bentuk komunikasi dalam scenery stage (pemandangan panggung secara keseluruhan) mengagumkan.

Melihat seni pertunjukan tidak boleh sepotong-sepotong. Wajib melihat secara utuh. Kembali menyoal esensi estetis, akan bertemu dengan keutuhan sebuah ide, hasil dari tim kerja secara menyeluruh dalam bentuk scenery performance.

Jadi, soal siapa, mengapa tidak mencantumkan keterangan bahwa adegan tersebut melibatkan peran pengganti Presiden RI, Jokowi, hal itu masuk dalam ranah hak dari penyelenggara, bukan merupakan pelanggaran visual atau apapun. Itu sebabnya pula tak perlu menyebutkan adegan tersebut diperankan oleh pemeran pengganti.

Dalam ranah industri seni, umumnya, hal itu sudah ada klausul tertentu dalam kontrak kerja seorang pemeran pengganti, sebab pasti risiko tinggi. Demikian kiranya. Salam Olahraga. Salam Asian Games2018. Salam Indonesia Unit. Salam cinta Kompasiana. Salam menyambut pemilu damai 2019. Warm Regards. Kiss all.

Salam kagum untuk "Joni Pemanjat Tiang Bendera." Engkaulah Putra Bangsa. Teladan bagi kami para orang tua. Jabat tangan erat untuk Joni.

Jakarta, Indonesia, August 19, 2018.

Fiksi | Rumah Bernyanyi

"Lantas?"

"Tak ada lantas. Tetap seperti bahasan beberapa waktu lalu!"

"Kalau tak perlu dilanjutkan ya sudah. Tak perlu pula mengiba-iba seakan-akan besok dunia musnah. Itu tak masuk akal mu kan! Katanya kau paham soal perbedaan itu."

"Aku tak pernah bilang aku paham! Aku cuma bertanya. Apa betul begitu. Kalau tidak ya sudah. Tak apa. Tak perlu pula didebatkan!" Hening.

"Mudah sekali kau bilang seperti itu."

"Kenyataannya begitu. Benda mati tak bisa hidup."

"Lalu apa! Kau anggap hidup."

"Makhluk."

"Gila! Kau pikir sel bukan benda hidup?"

***

Peperangan, selalu ada di setiap kurun waktu. Katanya begitu. Bahkan untuk cinta pun perlu pengorbanan. Cinta datang seperti malaikat, pergi seperti setan. Kalau cinta datang dengan bunga, apa juga akan pergi menjadi setan. Ya barangkali, kalau tidak memahami, mencoba menolak kata cinta di lubuk hati.

Tak perlu kiasan sekadar mengungkap rasa cinta. Bidik, langsung dor! Lurus saja. Tak perlu berkelok-kelok, membangun konsonan, menjadi alias seandainya atau seakan-akan. Bahagia atau sedih semacam suatu pola sebab akibat, mungkin, semacam kepastian, sekalipun hukum tentang hidup katanya pula tak ada hal pasti.

Kalau begitu bagaimana dengan, lapar atau kenyang. Senyum atau marah. Mungkin pula hal itu soal perasaan semata. Loh! Apa perasaan menjadi tidak penting ketika dihadapkan pada suatu amar putusan tentang cinta atau pengkhianatan.

Maka untung rugi akan menjadi peranan penting dari keinginan tak tampak benar.

***

"Apa tak bisa kau berhenti berpura-pura?"
"Itu pilihan. Kalkulasi!"
"Otakmu isinya cuma kalkulasi."
"Tinggal pilih. Apa sulitnya?"
"Gila! Sel itu berkembang akan punya detak hidup."
"Nah! Itu persepsi!"
"Bukan, itu fakta biologis! Persepsi fakta dialogis tak mengikat analisis." Seseorang di kursi roda sejak tadi mengamati perdebatan mereka di layar monitor, dari kamera pengawas. Perdebatan keduanya tak pernah habis, jadi gema direkam waktu. Dibawa ke angkasa oleh abad dari sistem peradaban semesta.

Lantas, apakah perilaku keduanya juga tahu bahwa segala hal itu telah dicatat dalam buku besar catatan logika di bawah terang nurani. Sains, terus mengukir sejarah di kurun waktu, terus meninggi melaju pesat bersama tekno.

Kesempurnaan, nyaris bagai awan-awan dihembus angin, bagai kasih tak sampai. Analisis, sirna di antara perdebatan. Bagi keduanya hidup seperti sisa dari noktah. Entah hitam atau putih tak menjadi penting benar, mungkin. Mana awal atau akhir bagi keduanya serupa benang hitam tak berujung terus berpola semakin kusut.

Begitu saja tak terasa di lingkaran waktu, dari nol menjadi angka-angka, berubah rupa dalam bilangan-bilangan. Dalam denting metronom senafas siang ataupun malam terus berevolusi. Mati, hidup, gelap terang, cuaca lain di antaranya, membaur.

Tak ada satu pun tahu. Siapa lebih dulu ingin mati dari keduanya. Demikian kesimpulan akhir semacam kesaksian berhalaman banyak, seperti tertulis telah lama berselang. Tergeletak bertumpuk begitu saja di meja makan dekat dapur, rumah itu.

***

"Menurut catatan Anda. Kedua jenazah wafat waktu tengah malam lewat satu detik waktu setempat. Tapi, mengapa tak ditemukan tanda-tanda apapun menunjukkan bahwa kedua jasad itu mati akibat suatu pola tertentu."

"Akan mengarah ke sana."

"Apakah sulit?"

"Tidak."

"Lantas?"

"Perlu kajian, di luar ketentuan prosedur formal."

"Forensik belum menentukan langkah lebih lanjut?"

Hening.

Keduanya, memperhatikan jenazah utuh itu bersikap seperti sedang tidur. Di kamar lain, ditemukan jenazah kedua semirip posisi jasad pertama. Tim forensik tampak sibuk simpang siur.

"Siapa mereka?" di benak kedua petugas ahli itu.

"Belum tahu." Perlahan, gumam kedua petugas ahli itu.

"Kapan Anda temukan?"

"Terjadi begitu."

"Maksud Anda?"

"Seperti ada suara memanggil nama saya berkali-kali dari dalam rumah ini."

"Di tengah hari begini?"

"Ya. Awal penyebab saya masuk ke rumah sangat terawat ini."

"Bagaimana Anda bisa menemukan mereka?"

"Semua pintu tidak terkunci."

"Bukan main! Ajaib sekali."

***

Kejadian serupa sudah berulang kali, lantas investigasi berhenti begitu saja. Lenyap seolah-olah tak pernah terjadi apapun di rumah itu. Jenazah ketiga jarang ditemukan. Kadang ada, tampak di kursi roda. Di ruang semacam perpustakaan, di antara penataan lemari buku. Sejuk dengan jendela besar menghadap ke taman asri.

Setiap kali petugas bertanya kepada tetangga sekitar, jawaban mereka sama, bahwa rumah itu baik-baik saja. Penghuninya pun ada. Sering terlihat. Seorang ilmuwan serta kedua anak lelakinya pun juga ilmuwan. Kata tetangga terdekat.

"Sering terdengar perdebatan seru tak terpahami. Demikian kurang lebih. Setahu kami. Seperti kami dengar samar-samar." Kata tetangga itu.

Mengapa terdengar samar-samar. Oh! Karena sekeliling rumah dibatasi tembok. Perasaanku bertanya-tanya. Dengan tembok setinggi itu. Apa mungkin tetangga sekeliling, mendengar percakapan penghuni rumah itu. "Ajaib."

"Ya ajaib. Jika benar menurut tetangga rumah itu, bahwa pemilik rumah dalam keadaan baik-baik saja. Meskipun ada mayat ditemukan di rumah itu."

Kecerdasan investigasi memutuskan, tidak memindah-kan kedua jenazah dari masing-masing kamar tidur. Semakin mendorong rasa ingin tahu. Rumah itu amat terawat, termasuk dua jenazah itu tidak sedikit pun menimbulkan bau sebagaimana lazimnya.

Dengan berbagai tata cara investigasi, hingga metode tercanggih, tim investigasi, pihak pemangku kepentingan ke-amanan khusus, belum berhasil mengungkap, hal tersem-bunyi di balik rumah itu, investigasi ada banyak dugaan.

Mungkin rumah itu semacam eksperimen sains klasifi-kasi rahasia, semacam laboratorium uji coba tersembunyi. Sejauh ini langkah pintar, akan disiapkan mengungkap lebih jauh. Tengah dipikirkan membentuk tim ahli multidisiplin, untuk membongkar rahasia rumah ajaib itu.

Sayangnya pihak pemangku, tim ahli, hingga tulisan ini dirilis. Rumah bernyanyi, julukan rumah itu, tak pernah diungkapkan pada publik. Entah mengapa.

Indonesia, 25/08/2018, 14/03/2023

Esai dari Pinggiran: Koalisi Burung Merpati

Melihat nurani diri, juga catatan untuk hamba, kalimat itu tak tampak kejam malahan terasa adem. Ada sarana etika di badan kadang-kadang mencoba menolak, mungkin sebab akibat entah apa. Kalaupun menerima wajib ikhlas. Dilarang dongkol pada diri, akan menghambat metabolisme positif, bahagia pas saja, keduanya tentu relatif.

Mungkin, bisa juga akibat diluar kesadaran, menolak melihat nurani diri, akibat suatu pengetahuan makna menekan tubuh, dari pikiran tertekan, berkecamuk, euforia ecstatic bla bla, atau bahagia ham him hum atau pun menjengkelkan hua hua, mungkin saja kan. Hidup konon serba mungkin, belok kanan atau kiri kembali ke hati, konon sih begitu.

Melihat nurani diri, mungkin, seakan-akan bersifat tertekan meskipun berbeda arti dengan kata intimidasi, tentu terasa tetap tak nyaman kalau tak ikhlas. Seakan-akan imaji terbang mengarungi cakrawala pengadilan langit. Bagai beragam mata, dari berbagai macam warna seperti bersabda dihadapan, saling menatap seolah-olah berseteru, meskipun, mungkin, sesungguhnya tidak.

Lantas ada kiasan, lempar batu sembunyi tangan. Dunia modern menyebutnya 'teror' diikuti istilah, konspirasi. Biasanya lagi, ini perumpamaan loh, meminjam istilah dunia intelijen standar umum, setelah terjadi saling intip, penyamaran, serupa memata-matai, lantas menyusup. Nah loh. Serentetan istilah sederhana di belakang kalimat ini, telah ada pada era jaman purba sejak manusia mengenal dasar-dasar social culture-the human civilization, berkembang menjadi imperium-imperium, kata sebuah kisah loh.

Lantas dunia kini, modern katanya, menyediakan sarana pendukung untuk hal serupa di atas itu, sebut saja teknologi, antara lain, satelit pengendali segala hal maya, menyimpan data mikro maupun makro, semisal, deteksi bencana iklim, juga berfungsi menjaga keamanan negara pemilik satelit itu atau keamanan global, semisal, memantau sedini mungkin kemungkinan serangan alien, kalau ada.

***

Breaking News: Ucapan Selamat dari Hamba.

"Baik tunggal maupun ganda bulu tangkis-all Indonesian final, medali emas di tangan. Asian Games 2018. Bravo! Indonesia! Indonesia! Jumlah keseluruhan sudah lebih dari 89 medali, hingga tulisan ini dirilis. Salut! Kagum! Indonesia! Indonesia!"

***

Namun, seumpama nih, mau dihitung mundur ke era kepurbaan (modern era masa itu) peradaban makhluk manusia. Konon, pada suatu waktu bangsa Sumer kuno bermukim di Mesopotamia Selatan, mencipta tulisan, aksara parsial adalah tulisan bangsa Sumer paling awal, oleh sebab pusing tujuh keliling, bagaimana, mencatat berbagai data publik begitu melimpah ruah di zaman kejayaannya, sejak kurang lebih loh 3500 SM.

Aksara parsial, semacam sistem tanda material melambangkan jenis-jenis informasi, berasal dari aktivitas terbatas, mencatat data secara matematis, konon lagi, kurang lebih mirip notasi musik, kira-kira. Aksara parsial tidak bisa digunakan untuk merangkai puisi atau bahasa cintrong-

cintrong-an, seperti aksara penuh atau aksara latin. Ini sedikit mengutip cerita dari sebuah kisah, kalau salah mohon dimaafkan ya.

Jadi sistem pengolahan data bangsa Sumer awal ya dengan menuliskannya dalam simbol aksara parsial, melengkapi pustaka informasi. Meskipun otak manusia mampu menyimpan miliaran data serba ajaib. Melebihi sistem komputerisasi apapun. Misteri keajaiban otak manusia belum terpecahkan. Nah! Penting menjaga kesehatan otak. Kalau kelebihan beban malah bisa ketiduran loh. Kata cerita dari sebuah kisah.

Satelit, misalnya, tak hebat-hebat amat, cuma pengganti energi bersih dari dalam, menuju pembacaan dunia fisik luar tubuh, dulu lewat pelatihan olah kanuragan, meditasi prima spektakuler, pelatihan mempertajam kepekaan membaca tanda-tanda rasional, menyerap data, lantas menyimpan di otak, kemudian mengeluarkannya, lewat ingatan, imaji, visual, serupa melihat televisi samar-samar, bangsa Asia kuno cikal bakal metode itu, menurut cerita kakek hamba almarhum. Lihat deh temuan seni arkeologis, entitas Borobudur. Adakah manusia kini mampu membuat candi seindah itu. Bersifat filosofis, meditatif, nalar sains-tekno purba, manual.

Tak ada hal baru, kalau merujuk, menyoal, art, sains atau pun tekno modern-purba bolak-balik. Hanya melanjutkan sejarah pernah ada, dengan pemecahan estetika kini, baik di telusur secara estetika makro maupun mikro, sekalipun dalam hal peperangan dunia lama maupun dunia baru, hingga perang bintang, the global war.

Apa iya. Hamba kok nggak percaya ya bakal ada perang bintang hehehe... Bagai main games 'aje' (the war of toys) lantas dimana hebatnya, tak ada hal hebat jika bersifat, menghancurkan. Kecuali terjadi 'Big Bang' seri ke-2, itu baru hebat.

Konon lagi nih, akibat Big Bang lanjutan, entah kapan, bersifat serupa dengan Big Bang ke-1, kalau terjadi, namanya juga berandai-andai secara imaji estetis, konon pula akan lahir semesta baru, akibat pola menyatu dari proses zat-zat tak serupa apapun, mungkin, bersifat atom-isme itu. Apakah makhluk penghuni planet bumi siap menghadapi hal gegar budaya itu.

Kalau mau menimbang secara bijaksana di era sekarang ini jarang ada makhluk manusia berani berhadap-hadapan, man to man combat, kecuali 'Pasukan Khusus' atau 'Pasukan Profesional Sunyi' milik Indonesia, menurut kabar burung, pasukan khusus itu bisa disebut elite, pasukan elite belum tentu pasukan khusus, karena bersifat khusus.

Pasukan khusus, dimanapun di dunia keberadaannya samar-samar alias sangat rahasia. Pasukan Khusus Indonesia, kostumnya keren, tapi ngeri, termasuk salah satu pasukan khusus disegani di dunia. Amin. Pasukan itu siaga selalu, menjaga Sang Merah Putih, netral, tidak berpihak pada golongan apapun, manapun. Hamba terharu, bangga membaca ini: *Militer Indonesia di Mata Jenderal Veteran USA (nusantaranews.co)*.

Pasukan Khusus Indonesia atau Pasukan Profesional Sunyi- the silence combat, hamba membayangkan bagai satria dalam cerita silat. Fiksi ilmiah dunia seni kreatif, secara prosais bisa disebut 'the hero from an era' berjuang demi kebijaksanaan umat penghuni planet bumi atau pun semesta lain, diperlukan satria suci hati putih bersih bening nurani, seperti khazanah dunia komik-komik mampu menciptakan lompatan kuantum matematis di otak pembacanya, terbang seperti dalam cerita silat.

Demikian kiranya sekadar manuver pembuka dari artikel akan tertulis. Jreng! Jreng! Namun, semisal, melihat nurani diri, menjadi telaah diri, akan terasa teramat positif juga bijak. Bermula dari muara kalimat itu, lantas menjadi lentera di wacana hati bersifat segera, sekaligus, wajib rela membuka citra hati, melihat ke masa lampau hingga kini, baik positif maupun negatif, sebagai sebuah pelajaran, juga bagi hamba. Jreng!

Lantas bagaimana dengan dialog dua burung merpati ketika mereka saling marahan karena cintrong, taruh kata bunyinya begini "Kuk kuk kamu tadi bersama siapa. Darimana?" Hohoho. Suatu kalimat tanya bermakna, bisa nyaman bisa tidak di telinga, seumpama terjadi pada dua sejoli burung merpati seakan-akan sedang saling ngambek-ngambekkan itu. Meski bentuknya mungkin bisa dibilang kalimat tanya, karena ada tanda tanya.

Namun sifat dari intonasi nada, mungkin, tersirat semacam cemburu karena cinta, semisal, dalam bentuk pertanyaan. Bagaimana kalau menjadi seperti ini. "Kuk kuk kamu tadi bersama siapa. Darimana!" Perubahan tanda tanya menjadi tanda seru seakan-akan dua perwatakkan peranan, sesungguhnya mungkin satu cinta. Ini kalau mau didalami dari sudut pandang seni komunikasi, dramaturgi loh.

Akibat, dua hal tanda baca berbeda maka masalah bagai awan-awan paradigma. Barangkali, bisa menjadi berbagai hakikat atau makrifat, mungkin saja kan, bisa menjadi sumber perdamaian menuju cita-cita bersama di planet bumi, kembali ke hati. Melihat senja seakan cemburu pada pagi karena keduanya amat mencintai planet bumi. Lantas, apa akan terjadi dibalik dua kalimat berbeda tanda baca itu. Hamba tidak tahu.

Sebab, barangkali, praduga bisa menjadi berbagai acuan di pikiran masing-masing dari kedua burung merpati itu. Lantas bagaimana dengan burung merpati lainnya. Sayangnya hamba belum bertanya pada burung merpati lainnya.

Meskipun, sementara, mungkin, manusia tahu, bahwa burung merpati pun hidup berkelompok-kelompok, seperti terlihat di Piazza San Marco (Venice, Italy) misalnya. Apakah mereka juga bisa saling marahan karena berebut cinta, atau, kasih sayang, masing-masing kelompok burung merpati itu.

Rianglah para burung merpati berterbangan bagai penari indah, menukik, mematuk-matuk pakan hambur. Barangkali, kalau mau membayangkan secara imajinatif, kelompok burung merpati di taman itu, sebenarnya tidak berebutan seperti dibayangkan. Justru burung-burung merpati itu, turun dari terbangnya dengan sangat indah, melampaui keindahan lukisan Leonardo Da Vinci di logika, mungkin kan.

Burung-burung merpati itu secara tertib berkelompok-kelompok seolah-olah ber-konfigurasi, bahkan terlihat manja nian, indah tak terperi, bagai puisi-puisi penyair Sitor Situmorang, anak leluhur Toba Na Sae, anak negeri telah kembali ke haribaan Tanah Toba milik tetua adat sangat ia hormati hingga akhir titik puisi-puisinya. Kelompok-kelompok burung merpati itu terbang dalam komposisi *photography shot by shot*.

Burung-burung merpati terus menari, rampak mematuk-matuk pakan hambur pemberian manusia. Sebaliknya manusia menikmati keindahan si burung merpati "... *how beautiful scenery ck ck ck...*" tengah berkelompok-kelompok, berlompatan kian kemari beterbangan dengan sayap-sayap mungil coklat muda, abu-abu kombinasi segaris hitam, di atas putih di leher mereka, bak warna putih burung merpati pos 'sang martir perdamaian' pembawa kabar akhir sebuah peperangan atau tentang cinta, kasih sayang.

Kini, burung merpati telah berevolusi menjadi tonase titanium menakjubkan, bermesin jet. Berlomba adu manuver ketangkasan di angkasa, dikendalikan pilot-pilot ahli di bidangnya. Bagai kisah pewayangan, Gatotkaca memburu para penyusup wilayah udara Pandawa. Bangga menyaksikan putra-putri Indonesia, menjadi penerbang hebat. *Peace!* Salam Indonesia Unit.

Jakarta, Indonesia, August 20, 2018.

Fiksi | Tenung Patogenesis

Dalang membuka perhelatan wayang dengan suluk kontemporer.

"*Manusia baik akan tetap baik. Manusia jahat belum tentu bisa baik. Mawar berduri tumbuh di padang tandus. Bunga Anggrek Jingga, tumbuh di taman langit. Oi! Wong! Gong! Sahibulhikayat membuka kisah tersurat dan tersirat. Blank! Blank! Gong!*"

Lampu sentir memainkan bayang-bayang wayang, bagai kelebatan imaji menenung penonton. Lantas tepuk tangan riuh mengangkasa. Suitan gembira-ria membahana.

Kisah wayang kontemporer, di buka dengan adegan:

"Biang keladinya wajib dicari dengan cara apapun. Tak boleh tinggal diam, jadi begog, bebal, jika terlalu lama berfikir. Sekarang ini kecepatan dengan ketepatan tindakan kita, menghentikan pertempuran '*biological weapon*', tenung kontemporer buatan manusia biadab ini. Dam! Lakukan sesuatu!"

"Aku sedang berfikir cepat. Pelakunya pasti sudah dihapus tuntas, mati, oleh pihak mereka sendiri. Mau tidak mau kita kembali ke-kerajaan langit. Bertemu langsung dengan Raja Dewa, ngomong apa adanya, masalah sesungguhnya terjadi."

Lantas keduanya melesat menuju pintu istana langit. Semua terkunci rapat. Bahkan Dewa Narada, biasanya keluyuran patroli di taman langit pun tak ada. Dam, membuka suara.

"Sampurasun. Apakah ada makhluk dewa di dalam sana?"

"Wah! Wah! Wah!" Suara Narada dari kejauhan. "Social distancing. Enggak tau ya, lagi banyak penyakit kepo Bro! Walah kadalah piye toh, malah nyambangi kami. Bikin gaduh angkasa."

"Eyang! Jangan di-disinfektan ya ke kami bikin iritasi kulit tau. Mohon hampura Eyang. Mau ambil obat anti-rusuh, itu di planet bumi lagi pada rusuh."

"Wah! Hahaha. Dewa Narada Ngakak terpingkal-pingkal... Itu akibat, sinau ora do pinter-pinter. Mulane do pangerten, belajar menguji diri sendiri, sudjud syukur kepada Sang Hyang Jagad, pemberi hidup, apapun rizki telah di anugerahkan, terima sepenuh ikhlas. Jangan rebutan korupsi! Korbannya lagi-lagi sesama juga kan? Ciloko tenan toh...wek kek kek oalaa! Jreng! Gonjreng!" Dewa Narada, sembari terkekeh-kekeh, lanjutnya. "Oke tunggu di lereng Dieng, akan kami kirim bantuan maksimal langsung ke wilayah itu."

"Enggak bisa Eyang! Istana Amarta, lockdown, total, karena massal menderita sakit radang gigi bengkak gusi!" Suara cantik Linksi. "Eyang! Sekalian ganti ongkos jalan kami ya."

"Wak kak kak... Dasar cucu kontemporer... hadeuuuh! Ini lagi masa paceklik Nak! Ya wes! Aku ganti permen karet saja ya biar suaramu ora ceriwis! Hehehe... Ya wes... Hayo segera pulang. Segera dikirim, sebelum kalian tiba di lereng Dieng, kiriman sudah sampai, menantimu ya."

"Sip! Eyang!" Kedua cucu kontemporer itu, segera melesat terbang menuju lereng Dieng.

Alangkah terkagum-kagumnya Linksi dan Dam, ternyata Eyang Narada, membuatkan istana-kota steril, sebagai tempat singgah sementara evakuasi, termasuk pengganti istana Amarta.

Terlihat hadir paman Bimasena, Gatotkaca, beserta para satria bening nurani lainnya, di dukung pula oleh pasukan elite negara kerajaan, mengawasi, mengatur evakuasi warga Hastinapura City Terpadu, tertib antrian.

Rumah singgah steril itu lebih layak huni di banding sikontak kondusif di Hastinapura City Terpadu, tengah polusi massal penyakit radang gigi-gusi.

Para panakawan, menghibur pengungsi dengan nyanyian banyolan rame-rame, Mas Gareng membangun semangat agar anti-body publik Hastinapura City Terpadu, bangkit, kuat, berani, tenang, cerdas tangkas, terang hati, menang! Terlihat pula Mas Petruk, tengah sibuk menyiapkan makan massal di dapur umum bersama Mas Togog, membantu Bunda Kanastren, ibu dari anak-anak Semar.

Di Puncak Dieng, Semar tengah berdialog, meting jarak jauh dengan segenap anggota Parlemen Istana Langit, dipimpin oleh Raja Dewa, ditengah semarak euforia bisik-bisik isu profit kapital kepentingan personal. Semar, geram mengamati perilaku para personal tak senonoh itu, lantas dengan kesaktiannya, diam-diam Semar, menghembuskan kentutnya ke telinga peserta nakal, tak sembuh-sembuh itu.

Jakarta Indonesia, April 21, 2020.

Fiksi | Solilokui Renda-Renda Niskala

"Gill. Apa sekarang ini di pikiranmu?"
"Kosong. Tak ada apapun."
"Oh? Ya. Begitu ya."
"Ya." Hening membalut dua hati. Entah berpaut entah tidak.

Ada banyak peristiwa di sekitar kita. Juga mendunia, juga biasa-biasa saja, juga viral kata istilah kini, serupa gelegar populer barangkali. Entahlah. Ambiguitas istilah, sedang marak bermusim, kadang sekadar lewat jadi isu mencuat terbolak-balik.

"Kangen...."
"Ya..."
"Nun jauh di sana."
"Semua cinta di antara waktu."
"Mosaik interlud nyanyian rindu."
"Ya..." Merebahkan perasaan jingga melebur pada hijau kesegaran alami. Lantas kita saling memeluk bahu. Saling mencium kening.

"Sedang apa ya mereka di sana..."
"Kau tak ingin membuka daring? Melabuhkan rindu pada mereka?"
"Pedih. Kangen... Biarlah seperti ini."
"Menjaga air mata..."
"Ya."

Keduanya duduk saling berpunggung. Keduanya serentak menghela nafas panjang, dalam, di hembuskan pelahan. Tak jua sirna rindu di antara waktu berlari. Tergaib pula nurani kangen memeluk.

"Sik? Bagaimana perasaanmu..."

"Berpola beragam rupa. Kau?"

"Seperti berputar di pusat episentrum segera menggelegak tawa di antara tangis." Keduanya lantas merubah posisi saling berhadapan, saling memandang, merasuk kedalam jiwa nan sunyi di rantau suaka kisah-kisah peristiwa ke peristiwa, terikat, saling mengikat.

"Karena kita manusia pemilik cinta kasih." Serentak keduanya mengucap lirih kalimat itu. Kedua tangan mereka saling mengusap pipi tanpa air mata.

"Kita harus mampu menjaga air mata." Suara keduanya lirih pada sunyi mengambang di awang-awang. Langit memberi berkat gemerlap kerlap-kerlip gemintang. Terasa keduanya dalam kudus nurani. Wajah-wajah terkasih tergambar di bola mata masing-masing oleh rindu sejiwa. Keduanya, saling memberi senyum di hening.

"Ucapkan saja Gill, agar kita lega..."

"Ya. Satu. Dua..."

"Sungkem..." Keduanya serentak, saling memandang bola mata, di sana, ya di dalam mata itu gambaran perasaan itu.

"Apa lagi mau mu?" Keduanya masih berhadapan, masih saling memegang pipi menjaga air mata. Alam memberi jawaban keinginan mereka.

Hujan ketupat dari langit di sertai aroma masakan Ibunda, aroma tembakau cangklong Ayahanda, berbaur dengan opor ayam, lodeh kacang merah pedas manis, suara adik-adik bercengkerama di sela-sela suara gembira menyambut kemenangan kakak-kakak, sanak famili, dalam aroma kolak ubi campursari kolang-kaling, es campur rasa duren, wangi ketan daun pandan diguyur saus buah kurma panas kesukaan kami, di antara kue nanas beterbangan.

Takbir menggema di langit. Para malaikat membawa mereka terbang ke angkasa. Ganjaran pengabdian keduanya pada sesama tanpa pamrih ikhlas dalam khusyuk terpanjang tugas-tugas kemanusiaan.

Jakarta Indonesia, May 23, 2020

Mengenal Solilokui dalam Seni Drama untuk Pemula

Hai! Kakak dan Adik yang kece-kece apa kabarmu hari ini. Baik selalu hebat selalu. Gembira selalu. Hormat pada Bunda, Ayah dan Gurumu selalu. Amin.

Solilokui sama dengan Senandika, atawa lebih tepat kontekstual dengan disiplin seni drama di ranah susastra drama salah satu unsur plot terpenting, menjadi ungkapan perasaan peranannya atau tokoh peranan dalam salah satu pengadeganan, ketika diungkapkan setara dramatis menjadi serupa susastra liris atau lisan. Jika akan diungkap lebih jauh solilokui lahir dari susastra lisan.

Menurut KBBI solilokui artinya senandika. Senandika artinya wacana seorang tokoh dalam karya susastra dengan dirinya sendiri di dalam drama yang dipakai untuk mengungkapkan perasaan, firasat, konflik batin yang paling dalam dari tokoh tersebut, atau untuk menyajikan informasi yang diperlukan pembaca atau pendengar

Semisal begini, ada salah satu sketsa adegan dalam plot cerita berkisah tentang ungkapan nurani peranannya:

"...*Malam tidak selalu biru, seperti ungkapan kata orang. Bagiku malam senantiasa merah bahkan memerah terus di tengah galaunya perasaanku. Rindu pada Bunda, telah melahirkanku. Di manakah beliau sekarang berada. Sejak perpisahan itu, aku hidup dengan paman, bersama kakak perempuaanku. Bunda dimanakah engkau kini... Aku rindu...*"

Panjang pendeknya solilokui tergantung ungkapan perasaan penulisnya. Umumnya minimum 500-750 kata, mendalam nan indah nian.

Solilokui bukan monolog atau drama tunggal, dimainkan oleh seorang aktor atau pemain berpengalaman cukup. Monolog tak sekadar menghapal kata-kata lalu memainkannya begitu saja seperti main kelereng. Diperlukan waktu cukup untuk membaca naskahnya, membongkar kedalaman dari ungkapan pikiran penulisnya, berevolusi menjadi tokoh peranannya, jika mungkin hingga penulisnya tak mengenali lagi tokoh ciptaannya, semisal, seperti, Jack Nicholson, memainkan peranannya dalam film, *One Flew over the Cuckoo's Nest-essential satirical comedy-dramatic*, tonton deh kece dan seru banget.

Bobot pemahaman pada solilokui sama dengan pendalaman karakter peranannya dalam satu plot cerita. Jika solilokui dilepaskan dari plot naskah atau cerita aslinya, dimainkan secara terpisah, maka menjadi bentuk monolog. Namun wajib menyebutkan sumber naskah aslinya. Solilokui itu diambil dari semisal cerita 'Romeo and Juliet-William Shakespeare', adaptasi si A.

Mengapa harus disebutkan sumbernya, itulah salah satu cara menghargai, menghormati karya orang lain dan sekaligus menghargai diri sendiri, utamanya fungsi rujukan atau sumber, adalah kaidah kesepahaman tentang sumber ilmu.

Demikianlah singkatnya, semoga bermanfaat. Tetap utamakan tugas-tugas sekolahmu ya. Selalu semangat! Salam Indonesia Keren.

Jakarta Indonesia, June 3, 2020

Setiap Hari Jadi Puisi

Syahdan puisi tak harus dengan kalimat ruwet, sulit di mengerti oleh khalayak ramai. Tapi kembali kehati, kreatornya, bebas merdeka.

Lantas, apaan sih itu puisi di seni susastra, mungkin semacam catatan empiris sehari-hari, itu sebabnya pula ada 'pantun', sebagaimana sejarahnya, irama 'wong urip', tembang-susastra pantun, konon, katanya nih, disebut juga 'nyanyian hati atau seni hidup', mengapa demikian, because, mungkin pula, yuk, mencoba kembali melacak ke dasar episentrum-nya.

Apa itu 'seni', dalam berbagai bentuknya; seni adalah perasaan, terserah mau seni apa azaaa dehh ya.

Folk art, seni kriya, *sculpture art*, lukis, *design*, susastra, dan seterusnya, sesuka hati seriang hatimu. Manusia menggunakan hakikat perasaannya, kepekaannya seperti melihat calon belahan hati melintas bercahaya, barangkali loh.

Ada juga menyebut seni sebagai bahasa bunga. Tapi, bukan sekadar bunga plastik-yaa bunga plastik juga boleh juga, kalau itu dibutuhkan, bisa dibeli di toko kelontong, akan tetapi, seni, telah menjadi berkat di jagat raya, antara lain, dari 'seni melihat' melahirkan 'seni berpikir', inheren eksistensi pustaka penciptaan, baik secara personal atau manusia dengan kelompok sosialnya.

Demikian. Percaya atau tidak. Terserah deh. Salam kenal wahai engkau para kompasianer keren-keren. Salaman.

***

Puisi | Skala

Bunga tulip tak ada di sini. Ada, di tempat lain jauh banget, di sana. Mungkin di benua empat musim.

Mengapa tak ada di sini. Karena di sini cuma ada dua musim. Musim penghujan setelah musim panas atau sebaliknya.

Itu sebabnya pula kepanasan atau kehujanan. Kenapa? Sebab iklim. Ada apa dengan iklim? Tanyalah kepada pembuat iklim.

***

Puisi | Potret

Nah, itu dia. Tema kadang-kadang mampu menipu isi dalam paham positif. Begitu teman, konon.

Mungkin, serupa lebah penyuka sari bunga. Lantas kamera manusia memotret keduanya, keindahannya. Di ranah itu ada warna, ada, makhluk kecil terbang di atas sari bunga-bunga di terpa mentari.

Alamak, menjadi indah di mata kamera, di silau matahari. Lengkaplah scenery itu, ada background mendorong floor ground, dalam ghost image, kerlap-kerlip estetis. Klik!

***

Puisi | Asap

Ada pepatah atau pun peribahasa. Banyak ragamnya. Hati merona tak ada siapapun tahu. Ayam bertelur di sangkar madu. Ilalang bergoyang ditiup angin sedari siang hingga malam, sesuka pembuat angin. Ada api ada asap, tak ada asap tak ada api.

Kentongan bertalu-talu. Kebakaran! Kebakaran! Melempar suara sembunyi hati. Pemadam api sibuk berganti. Semusim, menyimpan rahasia hati.

***

Puisi | Bola Mata

Ada cintrong di bola matamu.
Hahaha! Kata siapa? Mataku tak ada bolanya. Mataku bukan lapangan bola.
Maksudku, cinta terpancar dari kerlingan matamu.
Hihihi! Aku tidak mengerlingkan mata loh!
Maksudku, mau bertanya padamu. Apakah kamu punya mata? Kau injak kakiku, setahun lalu.
Loh! Maaf, kalau benar begitu. Ini beneran?
Lihat sekarang! Kakimu menginjak kakiku.

***

Puisi | Kamu

Serius, kamu bisa menyanyi. Sungguh luar biasa.
Pantas lah, kalau kau bisa menyembuhkan luka di hatimu. Tak berlarut-larut sepanjang hari. Pantas pula kau rupawan secerah hari, seterang matahari, seindah rembulan pagi.

***

Salam sehat! Masker! Jangan kendor. Syalala I love U.

Jakarta Indonesia, September 21, 2020.

Setiap Hari Jadi Artikel

Nah! Hamba mau berbagi cerita lagi ya. Ngobrol warung kopi yuk!

Kadang-kadang suntuk-galau enggak jelas. Mentok serasa buntu *kale*, ya. Ide-ngambek, macet ogah diajak kompromi. Sebabnya bermacam hal, beragam keadaan masing-masing, bisa personal atau hal lain. Yaa, intinya ada gangguan penyebab, ide ogah mengalir seperti lazimnya deh, semisal begitu teman hehehe.

Gampang banget, kalau lagi buntu-ide ogah kompromi. Coba cari angin di halaman rumah, liat angkasa, ada langit lengkap isinya, sore indah-malam gelap, kelip-kelip bintang di langit. Kalau, tak musim pandemi 'iblis covid', tentu bisa ke berbagai ruang rekreasi sesuai kocek, pastinya dong.

Kalau sekiranya sobatku telah berkeluarga, bisa lebih murah tanpa biaya. Manggil ide biar nongol-ngobrol deh dengan si bungsu balita-lucunya dia, ngobrol dengan kakak, suami, sanak famili, sebagaimana kasih sayang mengalir di rumahku-istanaku.

Lagi-lagi, dibutuhkan santai but focused, mencari pemantik ide, caranya; Melihat-Mendengar-Menyimak. Bisa dari kelucuan adik tertawa terkekeh-kekeh, itu salah satu makna visual, 'Melihat', banyak rekaman peristiwa terdekat, jadi pemantik ide loh.

Dengan 'Melihat', visual adik tadi jadi ingat 'Ayah atau Ibu', lalu 'Mendengar', suara adik menjawab pertanyaan dari kakak, 'Menyimak', ingat ayah pidato di podium-kolaborasi-kan dengan pustaka pribadi di pikiranmu.

Blink! Kata 'Pidato', terekam dari masa lalu-jangan menunda, setelah dirasa nyaman, nulis deh. Dari kata 'Pidato', satu kata berjuta makna-jadi artikel, cerita pendek, esai politik, cerita musik, cerita fabel, lanjut sesuka pilihanmu. Jadi, tak ada istilah 'tak punya ide-ide padam', ide-ada, nempel di sekitar kita. Jadi dilarang males, iyauww!

Setiap insan punya sensibilitas. Yuk! Kilas balik ke dasar episentrum-nya 'seni adalah perasaan', inheren intelegensi, imajinasi, menyerap makna empiris bilah luar di cerna akal budi. Nah loh! Jadi cerpen nih. Gegara hamba cari-cari buku lama. Salam sehat! Masker jangan kendor. Salaman.

***

Cerita Opera Buku

Oleh: Taufan S. Chandranegara.

Apa betul kamu sedih? Jika tak ada cerita lagi di halamanmu. Bener nih? *Peter Pan* kisah peri itu kini lebih banyak di media daring, lantas kau sedih kau sobek sendiri halaman kisah itu, juga termasuk tentang *Snow White and The Seven Dwarfs*, juga kisah H.C. Anderson. Kenapa harus kau sobek? Marah, karena kau tak lagi diperhatikan. Benar begitukah?

"Entahlah", desah itu menggema di frekuensi alam raya. Jring! Jring! Seumpama ada musiknya. Lantas terbukalah layar kisah-kisah.

Mencoba menarik perhatian para malaikat karena kau rindu keajaiban sebagaimana lampau menuliskan kisah-kisah tentang Timun Mas atau Si Buta Dari Gua Hantu-Ganes T.H, atau cerita komik Mahabharata-R.A. Kosasih, atau kisah ten-tang Lutung Kasarung, cerita dari susastra klasik Pasundan atau tentang cerita Seribu Satu Malam? Aladin, kini telah masuk ranah digital video, itu juga kan membuatmu sedih?

"Baiklah kalau begitu kita ngobrol tentang apa saja, hal ihwal membuatmu galau luar biasa. Bagaimana?"

Tak ada jawaban hanya diam. Lantas dengan serta merta dia merubah diri menjadi buku raksasa, menjelma menjadi Kaisar Nero, dalam kisah membakar kota imperium demi arogansi kekuasaannya. "Hah! Hua haha!" Lantas berubah rupa lagi, menjadi Romeo nan elok mengendarai mobil sport mencari Juliet-Shakespeare bingung tuh.

Terpana melihat adegan per-adegan. Piawai berperan sebagai-Christopher Columbus, mampu meyakinkan para bangsawan bahwa telur bisa berdiri. Serentak dengan-staccato bunyi orkes "Dur! Dur! Dem!" Kau kembali merubah diri seiring orkes simfoni-Wolfgang Amadeus Mozart. Lalu kau kembali merubah diri dalam kisah-Rock Opera-Ken Arok, dari maestro musik kontemporer Harry Roesli.

Begitu banyak permintaanmu. Malaikat, sangat sabar memberi keajaiban seperti pintamu, lantas kau ingin pula seperti mereka, punya sepasang sayap bisa terbang mengarungi dunia, kau ingin singgah di planet-planet. Para malaikat menolak permintaanmu, tak ingin kau seperti mereka, punya dua sayap sama persis, bahkan bisa berganti-ganti warna sesuai kehendak perasaan pemiliknya.

"Tidak mungkin kami memenuhi permintaanmu. Maaf," sabda para malaikat tegas.

Lantas kau penasaran kembali melompatkan dirimu di hadapan mereka, seolah-olah kau bisa terbang tanpa sayap, meski akhirnya kembali selalu jatuh bergedebam, mengguncang menggetarkan sekeliling, bahkan para malaikat terpen-tal berlompatan, beterbangan, terkesiap terkaget-kaget.

"Stop! Jangan membuat gaduh alam semesta." Koor para malaikat, paduan suara indah namun terasa tumpang tindih, agak aneh dengan notasi seperti itu.

"Kalau begitu penuhi permintaanku. Hanya membuat dua sayap. Apa susahnya sih! Kalian para malaikat pemilik anugerah keajaiban. Baiklah, jika masih berkelit aku akan kembali melompat menerbangkan diri sesuka hatiku."

"Jangan!" Serentak koor para malaikat. "Baiklah, Begini penjelasannya, simak baik-baik. Kami tidak bisa memberi sayap kepadamu. Karena kau bukan makhluk hidup, engkau benda terbuat dari tumpukan kertas, di jilid lantas diberi nomor halaman", bersamaan dengan akhir kalimat itu. Kau menutup kembali halaman kisah-kisahmu.

Para malaikat, terbang ke tempat asalnya, tanpa menoleh untuk sedikit basa-basi.

Itu malaikat ngambek nggak ya? di benakmu. Tanpa sayap, tak bernomor halaman.

Jakarta Indonesia, September 24, 2020.

Mengantar Karangan Bunga

Ini mungkin semacam bunga rampai sekapur sirih dari hati, bukan prolog akan menuju epilog. Mengapa ada prolog, apakah karena epilog akan dihadirkan, atau sebaliknya. Bagaimana jika keduanya tidak ada. Apakah sebuah carangan, prosa puitik-prosa lirik, pantun jenaka-pantun berkait-pantun tradisi, puisi dramatik-puisi mbeling, sajak berdiksi tumpang tindih, esai, novel, roman, pernyataan artikel, komedi satire-komedi bangsawan-komedi romantik, dramatik susastra-susastra dramatis-sastra erotis-sastra pop-sastra protes, dramatik visual-visual dramatis, naskah film-cerita film, cerita-uraian dari alegori imajinasi natural, mengalirlah mata air, memberi hikmah menemukan dahaga hingga ke sudut-sudut tersembunyi di dalam lubang semut sekalipun, amanah, sublim-ikhlas menemukan makrifat-Nya.

Tumbuhlah edukasi, penyertaan nurani dari pikiran untuk bersama, menjalin komunikasi lahir dari jalinan hati terdasar, nurani, pikiran-natural, awal mula pemberi hidup, kepada pra-isme, niskala kontemporer-pascamodernisme, membuat langit mengandung, ke-isme-an, lantas seakan-akan menjadi penting, lantas pilihan ditetapkan, dinyatakan, bahwa kubisme bukan surealisme, bahwa ekspresionisme bukan impresionisme, bahwa nonformal-autodidak, seolah-olah bukan edukasi akademis-kurang edukatif, lantas siapa penemu cahaya, penemu alfabetis, simbol-simbol visual, penemu kata-kata dalam rangkuman akal budi filosofis, membangun pertumbuhan spiritualitas berbudi.

Kekhawatiran, euforia kecemasan, mungkin penyebab utama kecurigaan, kepada benda-benda, kepada gerakan episentrum di pusat bimasakti, hingga, mungkin, mencapai daya hidup, cemas, akan, mengguncang gaya hidup, sulit memilih warna sepatu, kurang senada dengan fesyen busana, kurang pantas, tak serasi warna baju, kalau lipstik-ku tak senada dengan warna dasi-mu, tapi merah di pipi-mu warna favorit-ku sayang. Saling memandang, berpandang-pandangan, desir-desir semilir menggelitik lalu-lalang di sel-sel darah, tak boleh membayangkan, desah-desah, sebab ada kewajiban memahami komposisi, aku melihat-mu, kamu melihat-ku, kisah terjalin saling tersenyum. Pertumbuhan natural, mengalir, kredo-cinta, menutup mata malu-malu, tak perlu kucing, tak boleh pula ada serigala.

***

Pesan seyogianya disampaikan, oleh kesan seterang semesta, tak perlu takut pada terang, tak perlu sembunyi pula dalam gelap, takkan lari gunung dikejar, hilang kabut tampaklah dia, kalau pun lari biarkan saja, akhirnya akan terperosok kepelimbahan jua. Maafkanlah jika khilaf mengangkasa, mungkin akibat badan tengah tak cakap kurang rehat, percayalah, matahari pasti bersinar, malam pasti akan gelap, sebab rembulan tak ingin sembunyi.

Cercah, setia menyampaikan pesan belum tersampaikan, sungguhpun hamba kini sendiri, kekasih hati pemilik cinta untuk ananda telah berpulang keharibaan suci ilahi, air mata tersimpan bening di taman hati.

Salam-Cinta dan Kasih Sayang-Jaga jarak. Masker jangan kendor. Salam sehat. Kuat beriman.

Indonesia, 27/09/2020, 24/02/2023.

Neokanibalisme: Analisis Autodidak dari Trotoar

Langit luas itu, ada, banyak angin sepoi-sepoi, ada badai, ada awan badai kumulus, di balik mendung ada panas, demikian pula sebaliknya, ada hujan ada panas-jadi embun, ada api ada asap, ada angin puting beliung, datang-pergi, kapan saja di mana saja.

Ada bencana, ada keberuntungan, perilaku ada dua kan, baik-buruk, jelek-cakep, kiri-kanan, seolah-olah saling melengkapi. Apa benar begitu? Enggak tau deh, mungkin, tergantung pada perintah dari syaraf otak di kepala makhluk hidup-manusia.

Sepintas selalu terlihat ringan, serupa iklan minuman ringan. Serupa pula dengan beragam istilah, di dalamnya mengandung atau terkandung arti, inheren, tujuannya dari kerangka pemikiran-desain.

Mau ke Pasar baru naik angkot, karena suatu hal akhirnya naik taksi. Mau beli baju jadi beli ember. Mau beli ember jadi beli mobil.

Pengaruh pada perilaku makhluk hidup tergantung pada siklus atau pola ketika itu, langsung-maupun tak langsung, waktu lampau, disadari atau tidak, terlihat tidak-namun disadari, hingga titik kulminasi tertentu-jadi keputusan, memutuskan, untuk membeli atau menjual. Mungkin, karena, makhluk hidup punya database, program natural, tekno sains natural-di otak, berisi sejumlah sel eksak tak terhingga.

Ada berbagai ilmu, semisal, psikoanalisis, arsitektur, ilmu-ilmu sosial-merupakan ilmu temuan ras-manusia, pun berdasar pada hal sains-tekno natural, alias, sains-tekno ilahimakhluk hidup hanya mampu sampai pada kelas meniru-tiruannya saja.

Antara lain contoh ringan, hand phone, hidup dari frekuensi-gravitasi (natural), siapa pembuat sains-tekno natural itu? Apakah makhluk hidup sekelas ras-manusia? Bener nih, mampu membuat frekuensi dan gravitasi? Yakin bisa?

Mungkin, itu sebabnya pula, ilmu dari hasil meniru-ilmu manusia bersifat dualisme, ada manfaat-ada mudarat, positif-negatif, oleh sebab-akibat, manusia hanya mampu meniru.

Sains-tekno ilahi, hanya mengenal kesimbangan, seratus persen unsur mencipta, penciptaan, baik-benar (eksak natural). Bukan bersifat destruktif-nuklir.

Hasil serapan manusia tergantung pada, apapun, jawabannya, ada, pada otak personal makhluk hidup-manusia. Kalau dunia manusia mengenal kalimat, 'mau kemana, mau jadi apa', dalam arena siklus serapannya-terolah di sel-sel otak personalnya. Kalau di dunia binatang, hamba tidak tahu.

Contoh lagi nih, semisal, makhluk hidup sekelas manusia, memilih kata 'Neo', untuk bertahan hidup, inheren untuk makan-minum, lantas memilih, semisal, 'Neokanibalisme', ini lebih berbahaya dari 'isme' apapun.

Neokanibalisme-bersifat adaptif, bahkan bisa jadi superbunglon atau marmut, semisal, contoh lagi nih, pada ranah watak koruptif, pada oknum ras-manusia tertentu, tak pernah habis di makan zaman, di benua manapun.

Sila buktikan sendiri, sebab ini 'analisis autodidak dari trotoar', bukan kelas akademis atau laboratorium. Salam Indonesia Keren. Negeri para sahabat.

Indonesia, 01/10, 2020, 13/02/2023.

Neo-Oportunisme: Analisis Autodidak dari Trotoar

Kisah dimulai ketika dia mengatakan sedang flu, meskipun sesungguhnya, tidak, berkait pada keinginan seolah-olah bersimpati, tanpa terasa merogoh kocek, tapi hanya untuk profit sendiri.

Berbeda dengan bersakit-sakit dahulu bersenang-senang kemudian, penggambaran dari peribahasa tutur nasihat bagi si pekerja keras, tekun-belajar, dari edukasi empiris maupun formal, di waktu kemudian semakin piawai, di bidangnya, pada kurun waktu selanjutnya, berhasil sampai di garis finis, hasil kerja keras, bernas-meraih kemenangan, bersih-jernih-bening, sukses kewajaran perjuangan.

Hampir, serupa dengan mengayuh sepeda melewati berbagai rintangan, jalan terjal, bukit berkelok, tanjakkan naik-turun, melewati bebatuan terjal, tersungkur, bangkit, mengejar waktu tertinggal, fokus, terus mengayuh untuk mencapai jumlah etape menuju garis finis, terus belajar, kerja keras, mandiri dalam lingkar kesetiakawanan, kebersamaan, saling menghargai, berbagi pengetahuan, tak menikam dalam lipatan.

Ups! Nah loh! Deh! Ikhhh seyem nggak sih, denger, kalimat menikam dalam lipatan. Mungkin masih golongan serupa, sedikit sama dengan makhluk lintah atau sejenis makhluk penghisap lain, kalau mengarungi rawa-rawa sungai-sungai kecil di pesawahan, namun tampaknya migrasi makhluk penghisap telah meluas ke laci-laci, sejak berabad lampau era imperium-sampailah kontemporer, telah ada jenis, kepinding, bermukim di lipatan jok kursi-kursi berjalin ikat, nah, si kepinding ini, disebut juga, si makhluk kepin-ding, itu loh, dengan nama sebutan, bangsat, meluncurlah kalimat "Kursi jalinmu banyak bangsatnya ya. Kasih kapur barus, biar kabur dia."

Nah, kepinding atau si makhluk bangsat, penghisap darah, sejenis kutu, semirip kutu air, hanya saja si bangsat ini, tidak di air, agak besar sedikit, kalau duduk di kursi berjalin ikat, kebetulan, ada, bertemu makhluk si bangsat itu, suka sekali muncul mencubit-mengigit versi, kepinding, alias si bangsat itu, gatal loh, bagian tergigit itu, biasanya bentol, sedikit memerah tapi tak lebam.

Abstraksi, berbanding, sedikit membelok, mungkin 'Neo-oportunisme', icuuu? Hampir, tapi, mungkin tak sama, namun bisa dibilang mirip, lempar batu sembunyi tangan, alias main mata dari balik punggung. Auu! Atau, mungkin, meski tak persis-sama dengan si kepinding alias bangsat, tak serupa benar sih, barangkali loh ya, namun, mungkin lagi, kalau musim birahinya tiba, bergolak, akan sekilat menyuruk, menggunting dalam lipatan. Esoknya si kepinding akan tetap menyapa ramah. "Hei!" Jring!

Salam Indonesia Keren-Negeri, para sahabat. Salam Sehat. Masker jangan kendor. Amin.

Indonesia, 07/10/2020,

"Aku Temukan Lagi Mata Air Itu"

Ada banyak hal tak terduga, seakan-akan datang, lantas pergi sekonyong-konyong, setiba-tiba, melenyap, menyirna. Lalu sepi, sunyi senyap, ngawang tak berawan, tak ada angan-angan, seperti baru saja, dilahirkan, waktu merubah cuaca sekilas secepat berkedip.

Sekedip pun belum mampu, membasuh kaki ibu, sempurna merawat, ananda, meski berkali-kali membantah tak mau tidur siang, berjuta kali alasan, karena ananda lebih memilih main kelereng, lebih memilih mengejar layang-layang, berlarian kian kemari main petak umpet sepulang sekolah.

Untuk ayah, tercinta, selalu menyempatkan perhatian meski sesibuk apapun, di ruang-ruang persaingan zaman, kesabaran, ya, kesabaran, membimbing ananda, menyelesaikan pekerjaan rumah dari sekolah, ngobrol tentang pilihan-pilihan, kalau kelak lulus nanti, ingin seperti apa, mau kemana.

Belum sempat menata pranata hati, seterang kedua orang tua ananda, menyalakan pelita di hati, gaib semesta meminta pulang keduanya, searah urutan jarum jam kemudian, satu persatu, cahaya, menjemput kedua orang tua terkasih di hati.

Tersergap rasa-gelap gulita, terasa pelita meredup, tak mampu rasa, mencari mata air telah sublim menyatu dengan cahaya ilahi. Hanya doa tanpa batas, asa hilang di ufuk kabut, ikhlas bertabur khusyuk, dalam sujud sesal-ananda, belum berkedip, ayah-bunda sekejap berpulang, sesingkat tak terasa telah bertumbuh ananda di usia kini.

Dalam poros zaman, seperti masuk di gilingan kopi, terbolak-balik, tersungkur-sungkur, jumpalitan terjangan badai, hingga tersangkut di genteng rumah para sahabat Kompasiana, ramai sekali keriangan di bawah atap ini, siapakah mereka, dengan tata laku tertib kegembiraan kisah-kisah tertulis. Pada 27 Desember 2012, hamba memberanikan diri mengetuk pintu rumah semarak taman bunga bermekaran.

"Tok! Tok!"

"Ya! Silakan masuk."

Tak ada tulisan 'awas anjing galak', tak ada harimau mengaum, bergabunglah hamba di Rumah Cinta Kompasiana, mengalir sapaan, mengalir kegembiraan. Mengalir pula deraan badai hidup personal, hamba terguncang-guncang, tertatih-tatih, beberapa kali menghilang dari K, muncul-hilang.

Kembali menata hati "Mohon maaf ya Admin Kompasiana, kalau beberapa waktu lalu, hamba kurang berkenan di hati Admin", salam kebaikan selalu.

Selang beberapa bulan hamba menjadi keluarga di Rumah Cinta Kompasiana, di antara tulisan-tulisan berkebyaran, hamba melihat sosok sederhana, Pak Tjiptadinata Effendi, singkat cerita, tak lekang oleh waktu, beragam artikel berbudi terus mengalir dari beliau di Kompasiana.

Pada waktu kemudian, hamba tak tahan lagi untuk tidak memanggilnya 'Ayah', hamba beranikan diri menyapa beliau dengan 'Ayah', demikian pula dengan Bunda Rose, hamba berlega hati, dari jawaban beliau, ketika, kata itu, dituliskan oleh, Ayah Tjip dan Bunda Rose, "Ananda Taufan..."

Hamba terbang kesurga 'mata air telah hilang hamba temukan lagi', terima kasih kepada Ayah Tjip dan Bunda Rose, inilah hamba sebagaimana adanya, dengan segala kekurangan serta keterbatasan hamba. Terima kasih Tuhan, hamba punya Ayah dan Ibu lagi. Sungkem.

Jakarta Indonesia, Oktober 19, 2020

Ngobrol dari Trotoar

Benar, ada kesalahan. Benar, ada kesalahan ada kebenaran. Menimbang badan menakar diri melihat cermin, meski kadang seperti tak terlihat, apapun ketika cuaca berpihak pada diri, lupa tak bisa ditolak ataupun ingat, mencoba melupakan benar, ataupun lagi, tak melihat salah.

Belajar sulit. Belajar senang, belajar salah ataupun belajar benar, kadang memilih persimpangan pada pertimbangan lupa atau pada pertimbangan benar, lantas ke-kiri ataupun ke-kanan, oh, ternyata salah, oh, ternyata benar. Namun, agaknya ketika pilihan itu berpihak pada rasa benar, maka terlupakan kesalahan sekalipun benar, ataupun, demikian sebaliknya.

Kesempurnaan, ada, namun kadang blur bagai tiada, kadang kembali fokus, mungkin, ada di antara blur atau fokus, ketika gangguan frekuensi dari antah-berantah, sontak menohok, jantung, seharusnya tadi ke-kanan, mengapa pula ke-kiri. Tadi itu cinta, ini bukan, tapi ini juga cinta meski tak mirip benar dengan cinta, seharusnya.

Apakah melihat salah atau benar cukup sulit, ketika desakan akan kebutuhan, materi, sesungguhnya tidak, namun alibi kata batin, mengatakan, membutuhkan, itu-materi, ini bukan, pertimbangan seolah-olah datang bagai imaji silih berganti, menggedor akal budi, bolak balik, seakan-akan memberi kewajiban untuk segera melangkah, pada benar sekalipun itu salah atau sebaliknya.

Totalitas hidup, konon realitas kasat mata, ketika rasionalitas menyembunyikan akal budi, atau lagi sebaliknya, terbolak balik, seperti dibolak-balik, iya-tidak, tidak-iya, keduanya menarik, namun pilihan segera wajib ditentukan, kiri atau kanan, mungkin saja keduanya menguntungkan atau merugikan, atau tidak keduanya, atau tetap memilih salah satunya, mana terlebih dahulu akan menjadi penetapan pilihan, kiri atau kanan.

Kalau mengacu pada perilaku koruptif, apakah korupsi kelas dinosaurus, kakap atau gajah, mungkin akan muncul pertanyaan. Mengapa watak koruptif, bagaikan misteri.

Mengapa manusia tega melakukan hal segila itu, di tengah musim prihatin nasional-pandemi, ketika umat negeri ini tengah, dalam kesederhanaan, saling peduli untuk kesehatan-kesejahteraan bersama.

Tak ada kata lain, hamba hanya ingin mempersembahkan puisi, ungkapan terima kasih kepada, OTT-KPK, telah bekerja dalam sunyi-senantiasa sukses, semoga selalu dalam berkat cahaya keadilan. Ini puisinya, semoga bermanfaat.

Borgol Pecandu

Oknum koruptor, kepala bolong
Oknum koruptor, hati bolong
Plus, minus, plus, kecanduan
Kecanduan, plus, minus, plus
Merapal mantra, hedonisme
Mencoba berkelit, hipokrit
Terlalu! Dang! Ding! Dong!
Jatuhnya kepelimbahan jua
*

Mata garuda
Mata Merah Putih
Memburumu, membidikmu
Menyergap, omong kosong

Indonesia, 13/12/2020, 13/02/2022.

Pada Suatu Ketika

Ada banyak cerita dalam hidup, tentang berbagai kisah kegembiraan, kesedihan terkadang pula kebahagiaan diantara kesedihan, menjadi cerita di ruang keluarga, diantara gelak tawa atau tangis membumi karena langit mendadak runtuh, bias sesungguhnya atau seandainya, kalaupun seandainya lantas untaian mutiara doa meminta hal itu tidak terjadi, kebenaran pun datang bertubi-tubi membawa pesan tak terduga tentang sebuah kabar duka, di arena kasih sayang tengah membahana, mungkin pula sebaliknya.

Maka menulislah mata air kepada matahari, bersegera meredupkan terangnya sejenak, sebab mazmur langit memberi kabar kepada rembulan tentang sederet rasi bintang akan menerangi langit menggantikan matahari.

Untuk itu sedapat mungkin rembulan akan bersisian selaksa waktu hitungan ilahi, berbanding jumlah semesta tak terhingga di sana letak waktu diciptakan diantara keyakinan hidup berdetak sejalan nafas seketika lahir seketika ada keajaiban, senantiasa menjadi perdebatan di antara mazhab, diluar ketentuan ke-ilahi-an, dalam hakikat-hakikat perdebatan materi non-materi, seolah-olah kebenaran dalam perkalian fisika aklamasi arisan partisan.

Lantas kuasa fisik melupakan ruh penciptaan akal budi, setelah mencapai logika seakan-akan inheren teori textbook, merupakan hakikat melebihi makrifat, demikian pula sebaliknya, bahkan mungkin pembiasan dari sebaliknya, ataupun kebalikannya lagi, maka seolah-olah kuasa fisik mampu melebihi ruh.

Tak apa meskipun terasa terlihat pandir, untuk badan diri sendiri, terpenting terasa terkesan telah termuliakan oleh karena telah dimuliakan oleh hal kuasa fisik.

Meski terlihat takkan teringat sebab bola api bisa menjadi bola salju, ketika, meski sesaat, kuasa fisik seolah-olah telah mampu menguasai kesucian ruh sebagaimana telah diciptakan awalnya, tak serupa ataupun tak seumpama apapun, akan tetapi, kuasa fisik telah terlanjur mentang-mentang, melebihi ruhnya sendiri.

Lantas alibi, manusia dengan kelemahannya, tak pernah mencapai sublimasi sesal dalam khusyuk, selain kepura-puraan, seolah-olah, seakan-akan, hanya sebatas itu, ranah sesungguhnya kuasa fisik, di antara logika teoritis, masih sebatas, keterbatasan menang atau kalah.

Masih pentingkah menang atau kalah, kalau gravitasi diambil lagi oleh penciptanya, kalau frekuensi diambil lagi, atau salah satu dari keduanya-bukan ciptaan manusia pemilik inteligensi-terbatas, bergerak di ruang keterbatasannya, meski seolah-olah tertampak telah berbuat kemuliaan, meski, mungkin sesungguhnya blur.

Kalau hanya untuk mencapai kemenangan atas kekalahan disebaliknya kemenangan, serupa membolak-balik meski tak mirip benar dengan kisah 'Musuh Masyarakat-En Folkefiende', naskah dramatis klasik abad 19, karya Henrik Ibsen (1828-1906), naskah tersebut ditulis pada 1882, bagai kiasan, musuhmu sebatas tubuhmu, tidak ruhmu, sekilas pintas serupa itu, mungkin, bias jua barangkali.

Salam Damai Natal, menyongsong Tahun Baru 2021. Indonesia Keren.

Jakarta Indonesia, Desember 31, 2020

Salam Hari Baik

Lahirlah upaya alam membimbing makhluk hidup mencapai keabadian sebagaimana awal mula kelahiran. Kesadaran mencapai puncak surgawi berjalan sebagaimana mestinya, oksigen memberi kesegaran kepada pagi, embun menyapa sejuk pepohonan, di daun-daun, hadir di taman hati.

Sebuah buku, taman hati dunia, ada berbagai edukasi kebaikan mengalir, ada pula beterbangan, saling menyapa memberi makna pada kehidupan seluas hukum ilahiah tak terbatas oleh apapun, tak ada kesombongan antagonistis-tonggak rapuh meski tampak kokoh kuat, terbungkus plasenta kepura-puraan duniawi.

Sebuah buku, kebeningan wawasan luas, cermin personal, menghidupi bunga rampai ke tujuan-tujuan kemaslahatan publik ataupun lembaga di manapun berada. Pusat pertemuan para ide, para cendekia pujangga sains teknologi-tersurat inheren tersirat menggilas status sosial, seketika-buku telah diterbitkan menuju keluasan publiknya.

Sebuah buku, elaborasi daya pesona kesederhanaan keinginan kejujuran takzim bertasbih di nurani antologi kecermatan pandangan, mata air peneduh dahaga, cinta, harapan, bermula dari diri, memberi multi-makna pada dunia, kehidupan berlangsung.

Terima kasih kepada Ayah Tjip dan Bunda Rose, atas kesempatan menulis bersama, Kompasianer--kagum, takjub, tabik. Semoga pula Ayah Tjip dan Bunda Rose, senantiasa sehat bahagia, mengukir zaman, melukis dunia penulisan.

Terima kasih pula hamba sampaikan kepada rekan sejawat, Ikhwanul Halim-penerbitnya, serta seluruh kerabat kerja-K, persiapan buku ini. Salam kasih sayang bagi kita semua, semoga sehat selalu.

Jakarta Indonesia, Maret 1, 2021

Bianglala Rembulan

Kegembiraan, cinta berkembang, pada persahabatan sejak remaja hingga dewasa, membuai keindahan dipandang mata, simbolis ngawang, warna sebanyak kasih sayang, awan-awan bercicin pelangi.

Ruang berbudi, barangkali tak terlepas dari cinta keadaan, kerinduan kelas sekolah dasar hingga kelas kampus. Seru banget, ada sedu-sedan, di sana, ada tawa meluas ke langit kebahagiaan, menemukan pasangan hidup, kekasih atau sahabat pena ataupun sahabat ngobrol, bareng, asyik, rame, balon warna-warni, ngakak.

Dunia hidup-kehidupan, saling menghidupi kenangan, pahit, getir, manis asam, pedas, rasa cendol, es cincau, es krim potong ataupun sop buah, namun rasa, perasaan bukan kepura-puraan, jujur deh, aku suka kamu, aku bangga dengan prestasimu, berjuta suara sahabat, saling berpelukan bersalam-salaman.

Atau mungkin juga rasa warna beragam kisah, cemburu berkasih sayang, cinta berpaut di antara mata dua hati. Berkembang layar puisi, mengalir surat di kisah kertas berkembang warna, seperti zaman jadul-dulu banget deh. Bahkan mungkin tertulis menjadi sebuah novel atau cerpen, atau roman picisan sekalipun, keindahan cinta-kejujuran, bukan kepura-puraan.

Lantas pada suatu tikungan waktu, saat hari-hari tak mau berlari, hanya ingin dekat di satu hati saja. Akh ha! Barangkali, itu kangen, entah pada apa, entah pada siapa, entah ketika sedang memandang luasnya waktu setiap hari, ketika bangun tidur setelah mimpi indah berlalu. Ya, aku ingat si dia, anak nakal di kelas sekolah menengah dulu.

Hm! Gemes! Nyebelin. Dimanakah dia, ya, ketika sendiri memberi waktu pada ruang, ketika ruang meluaskan tentang kisah, apapun itu, sebuah kenangan, indah, mungkin akan dilupakan ataupun tidak, ada pilihan, mungkin saja, biarkan saja, menjadi kisah susastra kenangan, kisah berlanjut, terajut niskala, kesegaran cerita anak cucu, apapun, kenangan indah itu.

Cinta, tumbuh, hilang, silih berganti, kasih sayang ataupun, cinta bukan parodi asal bunyi, hadir alami, tumbuh menuai bahagia atau sedih, hidup berjalan di siang ataupun malam, di gelap ataupun terang, siang bolong, susah-senang, sepasang merpati memilih jawaban, apapun itu, cinta, selalu ada di antrian ujian-juga jawaban. Salam Indonesia Sehat-Sejahtera.

Jakarta Indonesia, Juli 02, 2021.

Tentang Penulis

SENIRUPA PANGGUNG
Dan Pengembaraan Artistik Taufan
Catatan: **N. Riantiarno,** *Dramawan* dan *Budayawan*. Jakarta, 9 Juli 2004.

Di negeri kita, naskah drama sering dianggap bukan dari keluarga sastra. Selama ini pembahasan dan kritik mengenai kesusastraan hanya berkisar di sekitar kawasan *cerita pendek, novel, atau roman, puisi dan esai*. Naskah drama seakan dilupakan. Padahal, penghargaan *SEA Write* (South East Asia) *Award* oleh Raja Thailand, telah dianugerahkan kepada N. Riantiarno pada 1998 untuk karya dramanya yang berjudul *Semar Gugat*. Dan Nobel Kesusastraan 1997 diraih oleh penulis drama asal Italia, Dario Fo.

Di negeri kita, senirupa panggung nampaknya malah belum diterima sebagai bagian dari keluarga senirupa. Para kritikus seni lebih sering memperhatikan seni lukis, seni ukir/pahat/patung dan seni *instalasi*, sebagai bahan utama ulasan yang terkesan 'lebih pantas' untuk dibahas. Nasib arsitektur mungkin agak lebih baik. Arsitektur, cabang senirupa yang multi-dimensi. Di dalamnya terkandung kekuatan berbagai unsur senirupa. Antaranya; seni bangun (struktur), seni ruang, seni pahat/ukir/lukis dan filosofi. Sebuah bangunan (arsitektur) yang berkualitas, biasanya memiliki kandungan filosofis, mistis *(fengshui-hongshui)* serta kesejarahan. Dan, menyatu dengan lingkungan. Banyak yang mengira, senirupa panggung hanya kerja pertukangan belaka. Sekadar membuat set/dekor dan hiasan panggung, atas perintah sutradara. Maka, mendesain senirupa panggung bukan pekerjaan para penafsir seni. Dengan kata lain, bidang itu bukan pekerjaan para seniman. Hanya kerja para tukang. Dan sesungguhnya, itu adalah pandangan yang keliru.

Senirupa panggung memang bukan bidang seni yang samasekali otonom. Bahan dasar yang jadi penggerak kreatifnya adalah naskah drama dan tafsir sutradara, ditambah hasil interaksi dengan para pelakon dan tempat di mana lakon akan digelar. Tetapi kolaborasi dengan berbagai hal itu, bukan berarti ruang untuk mencipta ditiadakan. Justru daya imajinasi dan kekuatan menafsir sangat dibutuhkan agar penciptaan karya seni kolaboratif bisa lahir. Maka, meskipun terkait dengan berbagai unsur teater, sifat dan karakter senirupa panggung tetap mandiri, malah memperkuat kehadiran seni-teater secara keseluruhan.

Kesenian adalah seni menafsir alam dan kehidupan. Hasil kesenian merupakan wujud dari rasa terimakasih para senimannya kepada alam dan kehidupan. Dan bagi teater, senirupa panggung mengusung andil besar serta ikut mengasah penajaman makna terhadap 'pesan-pesan' teatralnya.

Senirupa panggung teater Barat, memiliki sejarah yang panjang. Bahkan sudah dimulai sejak awal kelahirannya, di Yunani, sekitar tigaribu tahun silam. Pentas-pentas dalam *amphiteater*, adalah hasil gabungan antara seni drama (diwadahi seni-arsitektur) dengan seni-busana dan seni-topeng. *Amphiteater* yang sanggup menampung sekitar 100.000 penonton, telah melahirkan teknik 'pengeras suara' yang dipasang di dalam mulut topeng. Sehingga, suara para aktor bisa didengar oleh penonton yang duduk di bangku paling belakang.

Senirupa panggung teater Timur (Cina, India, Jepang, Indonesia), juga memiliki sejarah panjang. Cikal bakal Opera Cina, sudah hidup di dalam masyarakat jauh sebelum Kaisar Qin

Shihuangdi (221-210 SM) berkuasa. Kaisar Qin adalah penguasa yang berusaha mempersatukan daratan Cina. Di dalam Opera Cina, senirupa panggung (lukis, topeng busana-rias, property, arsitektur) begitu dominan dan jadi 'wahana' yang mempertajam terjadinya peristiwa teater.

Berdasarkan epos *Mahabharata* dan *Ramayana*, India melahirkan berbagai bentuk seni-tari. Seni-rias wajah dan seni-busana lahir mengiringi, memperkuat dan membikin eksistensi seni-tari India jadi lebih utuh. Epos *Mahabharata*, kemudian diterjemahkan ke dalam Bahasa Jawa Kuno pada masa Mpu Sendok menjadi raja Kediri, tahun 928-947. Dan sejak itu, kisah *Mahabharata* seakan menemukan wadah yang subur untuk berkembang. Di Jawa, *Mahabharata* mengalami berbagai perubahan dan semakin menjauhi pakem lakon dari India. Tapi nampaknya, penyimpangan pakem (*carangan*) sering disebut sebagai hasil kreatifitas para seniman. Kyai Yosodipuro, Ronggowarsito, Mangku Negara IV, VI, dan VII coba menyusun urutan lakon. Dan urutan itu kini sering dianggap sebagai pakem yang, ternyata, juga menyimpang dari lakon *Mahabharata* India.

Di Jawa, epos *Mahabharata* melahirkan berbagai bentuk pentas wayang. Antara lain; *wayang beber, wayang golek, wayang kulit* dan *wayang wong*. Dan kita tahu, pentas wayang adalah koloborasi dari berbagai bentuk kesenian; seni rupa (*anggit*), seni lukis, seni drama, seni pedalangan, seni suara, seni cahaya dan seni sastra. Dalam *wayang wong*, senirupa panggung (termasuk seni busana dan rias), membuka peluang pengembangan. Juga tak bisa dipungkiri, di dalam setiap pentas wayang selalu tersirat ajaran moral, filsafat dan agama. Dan bukan hanya lakon yang berkembang, karakter pun bertambah. Di Jawa, lahir tokoh panakawan: Semar, Gareng, Petruk, Bagong, Cengguris. Karakter itu tak ada di dalam *Mahabharata* India. Di Cirebon, panakawan malah berjumlah sembilan. Di Jawa Barat, lahir panakawan yang disebut Cepot dan Udawala.

Sebelum Jepang dipersatukan oleh Oda Nobunaga, Toyotomi Hideyoshi dan Ieyasu Tokugawa (abad ke-16), seni-teater *Noh* sudah ada. Kemudian teater yang lebih 'modern', *Kabuki*, lahir pula. Tradisi mengembangkan teknologi panggung dilakukan dengan tekun, penuh cinta. Teknologi dan kesenian menyatu dalam hasil karya senirupa panggung. Bukan hanya set dekor yang dikembangkan. Juga seni tari, seni suara, busana, rias, *martial art*, teknik terbang dan menghilang. Bahkan arsitektur gedung teater pun berkembang.

Dalam *Kabuki*, teknologi panggung bisa dianggap sebagai sebuah keharusan. Tercatat dalam sejarah-teater, para perupa panggung *Kabuki* mampu melahirkan teknologi panggung putar dan panggung naik-turun (hidrolik). Di Eropa, teknologi *Deux et Machina* atau Dewa Mesin, lahir pada sekitar abad pertengahan. Dewa Mesin adalah karakter atau peran yang muncul pada akhir lakon. Dia turun dari atas panggung mengendarai sebuah keranjang besi yang digerakkan oleh mesin manual. Karakter itu bertugas menyelesaikan masalah atau mendamaikan konflik. Di Perancis, Dewa Mesin biasanya dimainkan oleh Raja. Benar-benar raja! Bukan aktor yang memainkan peran seorang raja. Dan Sang Raja, yang memang gemar menjadi aktor, akan menyelesaikan segala perkara. Dia menghukum si jahat dan memberi hadiah kepada si baik.

Di Jepang, tradisi mengembangkan teknologi dan senirupa panggung berlangsung hingga kini. Saya pernah menonton kelompok *Red Tent* yang menggelar sebuah lakon 90 menit di panggung berukuran hanya 10 X 6 meter. Saya mencatat; lakon mengusung 8 lokasi peristiwa dan perubahan set/dekor terjadi sebanyak 14 kali! Set dekor setiap lokasi berhasil 'disembunyikan' di beberapa tempat di dalam panggung. Dan perubahan lokasi yang terjadi membuat saya tercengang. Set bisa hadir dari bawah panggung (hidrolik), dari atas panggung (*flying*), dinding yang bergeser, membalik atau berlipat. Bayangkan! Peristiwa perubahan set, terjadi di panggung yang sesempit itu!

Kolaborasi teater paling ideal adalah, jika banyak seniman dari berbagai disiplin seni berkumpul. Lalu mereka menyajikan hasil kreatifitasnya lewat pementasan yang bermutu, indah dan menyiratkan makna. *Trend* yang tengah marak di Prancis sekarang ini adalah bentuk pertunjukan sirkus. Jangan salah duga! Bentuk dan isi Sirkus Prancis jauh berbeda dengan sirkus Barnum yang pernah populer pada awal abad ke-20. Bentuk pementasan Sirkus Prancis mengusung kolaborasi antara seni-drama, seni suara, tari, musik, sastra, multi media, seni cahaya, akrobatik, arsitektur, sulap, humor, ilmu komunikasi, dan filsafat. Sudah barang tentu teknologi dan senirupa juga memberikan andil yang besar. Kabarnya, karena begitu banyak grup sirkus, pemerintah Prancis merasa perlu merekrut seorang menteri yang khusus mengurusi persirkusan!

Sekitar 1960-an, wajah dunia mengalami perubahan besar. Kemapanan sistem, pemerintahan dominan yang sering meniadakan hak asasi manusia atas nama negara, dan generasi tua, jadi musuh kaum muda. Pikiran-pikiran Marcuse begitu mempengaruhi dan telah menyebabkan lahirnya kaum hippies. Generasi Bunga (*flower generation*) dari San Fransisco bikin demam dunia. Perang Vietnam dan perang di mana pun diprotes keras. Mistik Timur (India, Khasmir, Tibet) dianggap sebagai jalan ritual agar kedamaian jiwa diperolah. Ganja, hashis, narkotika, jadi pelarian kaum muda yang hilang pegangan. Dan kebebasan seakan agama. Impian utama kaum muda adalah; tiadanya lagi batas-batas yang selama ini terbukti jadi sumber berbagai konflik berdarah (ras, suku, bangsa, negara, agama, status, sosial dan keyakinan politik). *The Beatles, The Rolling Stones,* Bob Dylan dan Andy Warhol lahir pada masa ini.

Dalam jagat teater, juga terbit semacam 'revolusi' yang terjadi hampir merata di seluruh dunia. Bentuk dan konsep lama dibongkar tuntas, diubah atau ditafsir ulang. Pikiran lama (*mainstream*) dianggap ketinggalan zaman dan pikiran baru yang radikal bermunculan. Itulah 'revolusi teater' yang hingga kini belum terjadi lagi. Apa pun bentuk eksperimen yang dilakukan para seniman teater masa kini, nampaknya hanya mengulang apa yang sudah dilakukan oleh para pencetus 'revolusi teater' tahun 1960-an.

Di Amerika Serikat lahir tokoh-tokoh teater garda-depan yang menolak ikatan baku teater *mainstream*. Julian Beck dan Judith Malina menggelar konsep *living theatre*. Richard Schechner meyakini konsep teater-lingkungan. Dan Eugene Barba menyajikan konsep teater teror. Di Eropa, Grotowsky (seorang aktor Shakespearian) melahirkan konsep 'teater miskin'. Tak ada lagi bantuan luar bagi aktor selain tubuh dan jiwanya sendiri. Akting tak lagi memerlukan busana, rias dan set dekor. Tubuh dan jiwa adalah sumber enerji teater. Roh yang hidup. Segala 'bantuan luar' bagi seorang aktor, selain menelan biaya mahal, juga malah akan memenjarakan roh, mematikan jiwa.

Bentuk tetaer musikal Broadway pun mengalami perubahan yang signifikan. Tidak lagi formal dan penuh aturan baku, melainkan spontan, meriah dan tidak terlalu mementingkan 'kerapihan'. Sesungguhnya, perubahan 'radikal' pentas teater musikal terjadi saat Leonard Bernstein (musik), Stephen Sondheim (lirik) dan Jerome Robin (koreografi) menggelar *West Side Story* di panggung Broadway, 1957. Dan *West Side Story* (yang dibintangi oleh Natalie Wood), berhasil membikin kesan seakan-akan bentuk sandiwara musikal Broadway sebelumnya sudah klasik. Dalam artian, ketinggalan zaman.

Generasi bunga juga melahirkan bentuk sandiwara musikal yang membuang batasan tabu. Pentas *Hair*, kritik pedas terhadap keterlibatan Amerika Serikat dalam perang Vietnam, digelar dan langsung digemari kaum muda. *Oh Calcuta* dipentaskan. Juga bikin geger, karena para pemainnya berani tampil bugil. Maraknya "Pemberontakan Kaum Muda' dalam berbagai bidang itu, berhasil membuat banyak kebijakan ditafsir ulang, ditata lagi atau bahkan diubah.

Pada tahun 1973, dua anak muda, Andrew Lloyd Webber dan Tim Rice, menggelar sandiwara musikal *Jesus Christ Superstar*, Rice menulis lirik dan webber, yang saat itu berusia 18 tahun, menggubah musiknya. Broadway dan West End menggulirkan sandiwara musikal itu dan meledak. *Jesus Christ Superstar* kemudian diangkat ke layar perak. Penafsiran terhadap kehidupan Jesus hingga saat penyaliban, bukan hanya digali dari sisi lirik dan musik, tapi juga busana, property, sosok dan suasana. Yudas diperankan oleh aktor berkulit hitam dan Maria Magdalena dimainkan oleh aktris berwajah ketimuran. Sebelum adegan menggantung diri, Yudas dikejar-kejar oleh pesawat jet supersonik dan tank baja (metafora dari hati nurani?). Dan epilogos (adegan akhir) adalah sebuah pesta kaum muda yang menyiratkan 'kegembiraan' karena dosa asal manusia sudah ditebus oleh Jesus, lewat penyaliban.

Di Jepang, 'pemberontakan' terhadap konsep teater mapan juga terjadi. Berbagai grup teater garda depan didirikan dan hampir semuanya menolak bermain di pentas gedung teater yang dianggap formal dan steril. Mereka membangun tenda sebagai teater. Pentas dibawa keliling Jepang dan tenda biasanya dipasang di tanah lapang atau taman kota. Kelompok Tenda yang terkenal masa itu adalah *Black Tent*, pimpinan Makato Sato. Dan *Red Tent*, yang lebih sering menggelar protes sosial serta dianggap agak 'kiri', dipimpin oleh Kara Juro. Beberapa tokoh teater eksperimental yang juga lahir pada masa ini, adalah: Suzuki Tadashi dan Ninagawa Yukio.

Membangun tenda dan menjadikannya sebagai sebuah teater, lengkap dengan panggung dan auditorium, tentu tidak mudah. Membawa tenda itu berkeliling kota demi kota, juga pekerjaan yang lumayan rumit. Dibutuhkan sistem *knock down* yang praktis dan mudah untuk dibongkar-pasang. Kini, *Black Tent* dan *Red Tent* tak lagi memiliki tenda-teater. Pentas merekapun kembali digelar di dalam gedung teater. Tetapi 'pemberontakan' mereka telah berhasil memaknai iksistensi Teater Jepang. Sebuah pengembaraan artistik yang semula berniat mempertimbangkan dan menafsir kembali akar dari teater, kemudian menerbitkan inspirasi berharga bagi generasi teater Jepang berikutnya.

Generasi tenda terakhir, barangkali, kelompok Shinjuku Ryozanpaku. Saya sempat menonton salah satu pertunjukan mereka di taman kota Tokyo. Lakon yang digelar, mengusung beberapa lokasi peristiwa. Beberapa lokasi dihadirkan secara multi-set. Tapi beberapa lokasi lagi dihadirkan bergantian. Ada set danau dengan air yang nyata. Dan pada adegan berikutnya, lokasi danau berubah menjadi lokasi lain: sebuah gudang dalam rumah tua! Dan seluruh perubahan set-dekor dilakukan dengan sangat sigap. Tempo serta irama pengadeganan samasekali tak terganggu. Memang istimewa. Panggung mereka pun tidak besar. Pada adegan akhir, kain tenda di bagian belakang panggung di buka. Gedung-gedung tinggi Tokyo menjadi latar belakang adegan.

Catatan-catatan dari berbagai peristiwa di atas membuktikan, bahwa, senirupa panggung adalah bagian yang penting dari penciptaan peristiwa teater. Dan jika dilihat dari wujud visualnya, sesungguhnya, senirupa panggung yang berkualitas adalah sebuah seni *instalasi*. Ya. seni *instalasi* lahir di panggung teater, bahkan sejak awal teater dilahirkan. Tapi agaknya, para pengulas seni tidak pernah mengambil perhatian. Belum ada studi yang mendalam mengenai probabilitas kenyataan itu.

Senirupa panggung adalah seni rupa yang lengkap. sebuah set-dekor tidak hadir hanya sekadar hiasan belaka. Dia jelas menyiratkan pengembaraan ke dalam dunia tafsir yang musykil. Sebuah jalan pikiran. Komitmen kultural. Wujud 'intisari kehidupan' tersaji, lewat visual yang terpilih. Senirupa. Pilihan itu telah menyita perjalanan waktu yang panjang serta penyerapan mendalam. Dan untuk mewujudkannya di atas panggung, pasti memerlukan suatu keahlian yang khusus. Tak semua perupa mampu melakukannya.

Pentas *Our Town* karya Thornton Wilder, di Amerika Serikat, 1938, membukakan mata banyak orang, bahwa struktur drama ternyata belum mati. Masih sangat bisa 'diobark-abrik'. Imajinasi harus lebih diberdayakan. Dan itu merupakan olah-sukma. Set-dekor yang multi, menyiratkan suasana kota kecil di Amerika Serikat pada tahun 1900-an. Begitu selektif dan tidak realistis. Realisme Stanislavsky dan Anton Chekov ditafsir ulang. *Stage Manager*, Pimpinan Panggung, muncul sebagai karakter (peran) dan mengatur jalannya lakon. Amerika Serikat geger akibat peristiwa eksperimen teatral itu.Arthur

Sukses pentas *Death of Salesman* karya Arthur Miller, 1949, tak mungkin bisa dipisahkan dari hasil karya Desainer Artistiknya, Jo Mielziner. Lakon itu berkisah tentang kehidupan seorang pedagang keliling yang meyakini pandangan bahwa *'keberhasilan adalah dilihat dari apa yang nampak'*. Bersama keluarganya, lelaki setengah baya itu tinggal di sebuah rumah sempit bertingkat dua yang masih di cicil. Sebetulnya, dia tidak sukses. Malah keriernya nyaris buntu. Dia hidup dalam mimpi-mimpi. Anak lelakinya menyadarkan sikap hidup dan pandangan yang keliru itu. Tapi utang menumpuk, dan cicilan yang tak bisa dipenuhi menyebabkan rumah diancam disita. Di akhir lakon, si pedagang keliling mengambil jalan pintas; bunuh diri. Dan dari uang asuransi, keluarga si pedagang keliling mampu melunasi cicilan rumah.

Death of Salesman adalah gambaran situasi ekonomi dan kejiwaan masyarakat Amerika Serikat akibat hajaran telak *The Great Depression*, 1930-an. Resesi Hebat yang membikin banyak orang jadi gila. Perusahaan besar bertumbangan, pengangguran merajalela, dan sistem perdagangan 'menjemput bola' marak. Banyak orang beralih profesi menjadi pedagang keliling. Padahal daya beli masyarakat begitu rendah. Uang sangat berharga dan sulit diperoleh. Dunia mimpi jadi pelarian yang menikmatkan, setara candu.

Studi psikologi dan sosiologi yang mendalam membuahkan hasil sebuah desain artistik pentas yang hingga kini masih tetap dibahas masyarakat teater. Jo Meilziner membuat berbagai skets yang menyiratkan kondisi sosial-psikologis keluarga si pedagang keliling. Salah satu skets dipilih oleh sutradara, dan dipakai sebagai dasar berangkat pekerjaan visualisasinya. Sisi pencahayaan juga didesain untuk mendukung kedalaman 'bangunan visual' atau set-dekor. Jika sebuah set rumah hendak diwujudkan di panggung, *skenografi* memang harus hadir dengan dua persyaratan utama. *Pertama;* mampu menyajikan *informasi* mengenai lokasi (di mana), dan waktu (kapan) lakon itu terjadi. *Kedua;* mampu menyajikan *karakterisasi*. Harus tergambar status sosial, kondisi ekonomi si tokoh, kelas, profesi dan keadaan psikologisnya.

Tetapi Jo Meilziner telah melampaui kedua persyaratan itu. Dia berhasil menghadirkan *ekspresi* dari lakon. Emosi psikologis tokoh utama tersirat sekaligus di dalam desain; dunia mimpi dan kenyataan yang berbaur dan sulit dibedakan. Keputus-asaan dan harapan. Desain Jo Meilziner juga sangat mendukung pengembangan permainan para aktor. Dan hal itu, sangat istimewa.

Saya mempelajari seluruh karya Arthur Miller. Bertolt Brecht, Tennessee William dan Arthur Miller adalah penulis drama yang saya kagumi. Saya pernah menyadur dan mementaskan karya Arthur Miller yang fenomenal, *The Crucible*, 1992, dan saya beri judul *Tenung*. Lokasi peristiwa, aslinya di pedalaman Amerika Serikat, saya pindahkan ke kawasan Tanah Batak. Dan waktu kejadian saya patok pada masa penjajahan Belanda. Beberapa kritik yang terbit di media massa, menghubungkan lakon *Tenung* dengan masa-masa gelap negeri kita pada sekitar tahun 1965. Konon, *The Cricible* merupakan reaksi nyata Arthur Miller terhadap tindakan senat Amerika Serikat yang melakukan investigasi keras terhadap orang-orang yang dicurigai terlibat ajaran komunisme. Dan saat itu, begitu mudahnya orang dituduh komunis.

Saya bertemu Arthur Miller di Salzburg, Austria, pada 1996. Saya peserta aktif Salzburg Seminar *Session 340*, yang bertajuk *The Power of Theatre, Artistry, Entertainment, and Social Commentary*. Dan Arthur Miller tamu kehormatan yang berceramah di hadapan seluruh peserta seminar yang berasal dari seluruh dunia. Saya sempat berbincang dengan dia, dan sengan bangga memberitahu bahwa bersama Teater Koma, saya pernah mementaskan *The Crucible*. Saya berikan foto-foto dan buku acara pementasan *Tenung* kepadanya.

Dia nampak tercengang. Memandangi foto-foto pertunjukan dengan nanar, lalu membolak balik buku acara *Tenung*. Dia seakan tak percaya karyanya pernah dipentaskan di Indonesia. Akhirnya, pertanyaan meluncur juga dari mulutnya, "The Crucible? Dipentaskan di Indonesia?" Saya mengangguk. Sekaligus was-was dia akan menagih *royalty* pentas. Saya sadar, tidak pernah meminta izinnya ketika hendak mementaskan *The Crucible*. Dan, tidak membayar *royalty*.

Saya pernah membayar *royalty* ketika mementaskan *The Three Penny Opera* karya Bertolt Brecht. Nilainya 50 DM untuk satu malam pertunjukan. Lakon karya Brecht itu kemudian saya beri judul *Opere Ikan Asin*. Dan karena pentas di gelar selama 10 hari, maka *royalty* yang dibayar berjumlah 500 DM. Uang *royalty* di kirim ke Munich, Jerman, tempat markas besar Yayasan Brecht bermukim. Untunglah, uang sebesar itu dibayar oleh Goethe Institut Jakarta, *partner* Teater Koma dalam *Opere Ikan Asin* yang dipentaskan di TIM, 1983.

Kepada Arthur Miller saya jelaskan, karya-karyanya sangat populer di Indonesia. *All My Son* pernah dipentaskan di Jakarta. Dan *The Crucible* malah sudah dipentaskan beberapa kali di Indonesia. Saya juga menjelaskan secara singkat kondisi teater Indonesia, yang miskin dan sangat berbeda dengan Broadway. Saya mohon maaf tidak tidak meminta izinnya dan sekaligus mengungkapkan kekaguman terhadapnya. Kemudian, senyumnya mengembang. Dia mengangguk-angguk dan menyatakan terimakasih. Foto-foto dan buku acara *Tenung* dia simpan di dalam tas. Saya lega. Lalu kami berjalan bersama menuju ruang makan. Sesudah makan siang, kami sempat potret bersama di luar gedung seminar. Dan dia sama sekali tidak menagih *royalty*. Penulis naskah drama yang pernah menikahi Marylin Monroe itu nampak sangat sehat, padahal usianya sudah 91 tahun.

TAUFAN, SANG PENGEMBARA

Taufan, demikian dia biasa dipanggil, lahir di Jakarta 15 Mei 1956. Dia masuk Teater Koma pada tahun 1982. Teater koma didirikan di Jakarta, 1 Maret 1977. Saat Taufan datang, saya tengah menyiapkan pentas *Trilogi Kecoa* bagian pertama, Bom Waktu. Dia memilih menjadi aktor. Keinginannya saya akomodir. Dia memainkan peran 'gelandangan', mendampingi aktris Ratna Riantiarno yang berperan sebagai pemimpi dan selalu mengeluh kepada rembulan..

Pentas Teater Koma 1983, *Opera Ikan Asin,* adalah sebuah lakon yang disadur dari karya Bertolt Brecht, *The Three Penny Opera.* Taufan bermain sebagai Komisaris Polisi Brown yang korup. Dalam *Opera Ikan Asin,* nama Brown berubah menjadi Kartamarma. Taufan memainkan perannya dengan bagus. Totalitasnya patut dipuji. Pada pentas 1984, dia terlibat pula dalam lakon karya Shakespear, *The Comedy of Eror.* Dan dalam *Opera Kecoa,* bagian dua *Trilogi Kecoa,* 1985, ia memainkan peran Tamu Dari Jepang.

Totalitas dan semangat pencarian hingga ujung, seakan tak pernah padam. Dengan intens dia melakukan observasi dan pendalaman, lalu menyodorkan berbagai usulan. Sebagai Tamu Dari Jepang, dia harus mampu bicara bahasa Indonesia dengan aksen Jepang yang *medok.* Untuk itu dia rajin bertanya kepada orang-orang yang mampu berbahasa Jepang dan menimba pengetahuan tentang Jepang serta cara-cara orang Jepang berbicara Bahasa Indonesia. Dia berhasil. Permaianannya dalam *Opera Kecoa* dipuji banyak kritikus.

Pada 1985, dia mulai melibatkan diri ke dalam urusan grafis. Bersama seniman FX Harsono dan Gendut Riyanto, dia terlibat dalam penggalian konsep grafis *Opera Kecoa.* Dan keterlibatan itu berlanjut hingga penggarapan konsep grafis *Opera Julini* (1986), *Wanita-wanita Parlemen* (1986) dan *Banci Gugat* (1989). Pada *Perkawinan Figaro* 1989, dia menggarap keseluruhan pekerjaan grafis. Sementara itu, tugasnya sebagai aktor tetap tidak ditinggalkan.

Sejak 1982 hingga 1987, Taufan terlibat dalam setiap produksi Teater Koma. Sesudah *Opera Kecoa,* dia bermain sebagai gubernur yang mendadak buta setelah menyaksikan kemiskinan dalam *Opera Julini*, bagian tiga *Trilogi Kecoa*. Dia juga bermain dalam *Wanita-wanita Parlemen* karya Aristophanes dan *Animal Farm* karya George Orwell, 1987.

Agaknya ada masa-masa pencarian jati-diri lewat berbagai pengembaraan artistik. Dan upaya itu menyebabkan Taufan beberapa kali tak terlibat sebagai pemain. Meski begitu, dia tetap membantu grup dalam urusan grafis. Pada tahun 1987, Taufan menceburkan diri ke dalam Kelompok Senirupa Baru dan ikut menggarap kegiatan seni yang bertajuk; *Proyek 1*. Dia masih bermain sebagai Durga dalam *Konglomerat Burisrawa*, 1989, dan memerankan Absalom dalam *Suksesi*, 1990. *Suksesi* dilarang polisi pada hari pementasan ke-11 dan langsung menggegerkan karena disusul denngan pelarangan pentas *Opera Kecoa*.

Pelarangan berbagai pementasan, menyebabkan terjadinya berbagai perubahan dalam pemilihan bentuk pentas Teater Koma. *RSJ* atau *Rumah Sakit Jiwa*, 1991, adalah lakon yang dipentaskan Teater Koma pasca pelarangan. Meski diulas secara positif, RSJ dianggap berbeda dengan bentuk pentas-pentas Teater Koma sebelumnya. Demikian menurut bahasan para kritikus. Dan dalam *RSJ*-lah Taufan menjalankan tugas sebagai 'penata artistik' Teater Koma, untuk yang pertama kali. Meski, dia masih tetap merangkap sebagai pemain.

Sikap kerja Taufan dalam menangani urusan penataan artistik, sangat menarik hati saya. Dia selalu total. Mungkin memang demikian sifat dasarnya. Dia selalu ingin terlibat dalam urusan-urusan yang menyangkut perkara artistik. Suatu kali saya pernah memberi tahu, bahwa, di dalam tradisi manajemen teater Barat yang profesional, 'penata artistik' adalah jabatan yang sangat penting dan ikut menentukan. Penata artistik, biasanya membawahi urusan busana, *property*, rias wajah-rambut, *builder* dan pencahayaan. Malah sebaiknya, dia juga harus terlibat aktif dalam urusan pemilihan desain grafis.

Taufan menyerap pemahaman dunia artistik sebagai totalitas kreatif yang mempersatukan benang merah konsep. Saripati. Roh. Komitmen kultural. Dia menghadapi bidang kerjanya nyaris sebagai 'sebuah peperangan' yang harus dimenangkan. Apa pun akibatnya. Kadang malah sering terkesan, dia menhadapinya sebagai 'perjuangan suci'. Dia bisa meledak marah jika ada yang berniat menodai. Dia sangat ketat menjaga kemurnian 'wilayah'-nya.

Tak heran, jika ada masa-masa dia menjalani pekerjaan kreatifnya dengan sangat tegang. Tapi bagi saya, semangat Taufan selalu menimbulkan inspirasi. Saya sering kaget jika dia mendadak mengemukakan pendapat yang 'ekstrim'. Tapi seketika saya tergugah dan dengan hati-hati coba menelusuri jalan pikiran serta sumber ekstrimitasnya itu. Nampaknya, semua enerji berlebih itu bersumber dari semangat yang menggebu. Dia selalu berusaha agar api semangat terus berkobar. Tidak padam. Dan itu adalah modal yang sangat berharga. Bagi seniman, bukankah memang demikian seharusnya?

Sesudah RSJ, menyusul *Tiga Dewa dan Kupu-kupu*, 1992, adaptasi dari karya Bertolt Brecht, *The Good Person of Schezchwan*. Saya mempercayakan tugas penataan artistik kepada Taufan. Enerjinya yang berlebih seakan menemukan wadah dan mebuahkan sebuah konsep visual yang bikin saya terperangah. Dia ingin membuat 'sampah peradaban dua dimensi' yang akan dipasang sebagai *backdrop* dan menjadi latar belakang dari seluruh *scenery*. Besar 'sampah peradaban' dirancang sekitar 14 X 6 meter. Saat itu, istilah seni *instalasi* belum populer. Taufan pun tak tahu apa nama dari jenis dan bentuk senirupa semacam itu. Tapi saya langsung menyetujui, setelah dia mempresentasikan desain dasarnya. Akibatnya saya harus berkelahi dengan Ratna Riantiarno, yang menjabat pimpinan produksi. Biaya pembuatan *backdrop* 'sampah peradaban' sangatlah mahal. Produksi tak akan mampu membiayai. Tapi saya berdalih 'demi kepentingan artistik'. Ratna akhirnya mengalah dan menyetujui.

Agaknya, karena berniat keras menjadi penata artistik yang baik dan *mumpuni*, Taufan mempelajari berbagai pengetahuan teori penataan artistik. Dia juga tekun menyerap rahasia ilmu seni-cahaya. Dia merasa, dukungan pencahayaan yang baik dan terkonsep akan membikin karya artistiknya menjadi lebih eksis. Dalam RSJ, dia memang merangkap jabatan sebagai desainer pencahayaan.

Lewat pendekatan simpatik, Taufan berhasil memboyong beberapa perupa handal yang bersedia membantu pembuatan 'sampah peradaban'. Mereka tertarik dengan konsep *backdrop* 'dua dimensi' itu dan tidak memperhitungkan masalah imbalan jasa. Dengan demikian, ongkos pembuatan *backdrop* jadi tidak semahal seperti yang dibayangkan sebelumnya. Meski begitu, bagi Teater Koma, ongkos pembuatan *backdrop* Taufan tetap saja terasa mahal.

Tapi, hasil yang dicapai memang luar biasa. *Backdrop* 'sampah peradaban' hadir dengan indah, unik, gigantik, teatral, spektakuler, bermakna dan ikut memboboti pesan maknawi *Tiga Dewa dan kupu-kupu*. Apa pun set-dekor yang mewadahi adegan, 'sampah peradaban' tetap nampak. Kadang hanya *nongol* separuh, sepertiga atau seluruhnya. Set adegan pabrik tembakau, saat Sente (pelacur yang baik hati) berubah menjadi Suta (kapitalis penghisap tenaga buruh), berhasil menyiratkan suasana sumpek sebuah pabrik tembakau. Desain cahaya garapan Taufan ikut mendukung terciptanya suasana itu. Dalam ceramah teater di lima kota di Australia, 1993, foto hasil tata artistik *Tiga Dewa dan Kupu-kupu*, saya pamerkan. Semua terperangah. Tak terbayangkan, *The Good Person of Schezchwan* dipentaskan dengan dukungan artistik sedahsyat itu. Kami lalu membahasnya. Mereka bertanya, "Siapa desainernya?" Saya jawab bangga. "Seniman Teater Koma, Taufan S. Chandranegara namanya."

Taufan adalah aktor yang berbakat. Dia penata artistik yang telah banyak mengkontribusikan hasil karyanya bagi Teater Koma. Sesudah *Tiga Dewa dan Kupu-kupu*, dia menangani penataan artistik, sekaligus desain pencahyaan pentas-pentas; *Tenung, Ubu Roy* karya Alfred Jarre, *Rampok* karya Fredrich Schiller, *Roman Yulia* karya Shakespeare. Juga beberapa naskah drama yang saya tulis, seperti; *Opera Ular Putih, Cinta yang serakah, Republik Bagong, Sembelit, Presiden Burung-burung, Kala* dan *Republik Togog*.

Dalam *Opera Ular Putih*, 1994, Taufan menggunakan berbagai kain layar yang dilukisi sebesar frame panggung sebagai medium pengucapan artistiknya. Dalam *Republik Bagong*, 2001, dia coba menyatukan layar *drawing*, bangunan batang-batang bambu betung (yang jika dijumlah beratnya seluruhnya mencapai 2 ton dan dibeli dari sebuah desa kecil di Cirebon), serta multi-media.

Di luar Teater Koma, Taufan juga sering berperan sebagai penata artistik pentas yang saya garap secara kolosal. Antaranya; *Rama Shinta, Mahabharata*, dan *Opera Anoman*. Taufan pun memiliki pengalaman lapangan dalam menangani penataan artistik film televisi garapan saya. Antaranya; *Suryakanta Kala* (3 episode) dan *Cinta Terhalang Tembok* (6 episode).

Sejak 1997, Taufan mulai melirik 'wilayah lain dalam teater', yakni penulisan dan penyutradaraan. Dengan sangat meyakinkan, dia berhasil mengajak seniman-seniman untuk bergabung dan mendukung impiannya. Dia mendirikan kelompok teater yang diberi nama Teater Dur. Rencana pementasan dirancang dan beberapa kali kelompok teaternya naik pentas di Gedung Kesenian Jakarta.

Yang menggembirakan adalah, pilihan bentuk teaternya sangat berbeda dengan bentuk Teater Koma. Demikian pula naskah drama yang dia tulis. Saya selalu was-was jika anggota Teater Koma yang kemudian mendirikan kelompok teater, merasa wajib meng-copy bentuk pementasan Teater Koma. Jika hanya 'merasa wajib', itu sikap yang keliru. Pilihan bentuk, sebaiknya selalu mendasarkan kepada kebutuhan roh artistik. Bisa serupa dengan sumbernya, tapi malah bisa pula sangat bertentangan. Dan Itu sah. Seniman memiliki kebebasan mematok pilihan.

Saya merasa, Taufan sedang mengembara dalam upaya pencarian sebuah bentuk teater yang paling pas bagi dirinya. Memang jalan pengembarannya masih panjang. Tapi saya yakin, dia akan menemukannya kelak. Apa sesungguhnya pilihan yang hendak di raih Taufan?

Mungkin terlalu dini jika saya menyimpulkannya sekarang. Bukankah Taufan masih berproses? ada banyak pilihan utama dan sub-pilihan artistik yang masih silang siur di benak kreatifnya, dan entah mana yang akan dipilih. Tapi sekilas saya melihat, jika keliru kelak boleh di koreksi, Taufan sedang memburu esensi dari Teater Bentuk. Sebuah bentuk Teater Senirupa yang berkolaborasi dengan berbagai unsur seni di luar seni-teater. Mungkin pencahayaan akan jadi titik tolaknya, sebab itu adalah bidang keahlian Taufan. Mungkin 'akting' yang akan mendominasi, sebab dia juga aktor. Atau, mungkin artistik secara keseluruhan yang akan dimanfaatkan sebagai dasar berangkat kreatifitasnya. Tapi semua pilihan yang berhasil diraih dalam pengembaraan, akan bernuara kepada bentuk Teater Senirupa yang kontemplatif. Ini prediksi saya, untuk sementara.

Pada tahun 2000, Taufan memberitahu bahwa dia melai melukis. Saya menyambut pemberitahuan itu dengan sangat gembira. Beberapa foto hasil karya lukisannya dia beberkan. Dan sama seperti pendapat saya saat dia menghadapi tugas artistiknya, entah sebagai pemain atau sebagai penata artistik atau sebagai desainer pencahayaan, semangat yang menggebu dan totalitas enerji yang entah dari mana sumbernya, sangat terasa. Memancar dari hasil karya lukisnya itu, meskipun baru lewat foto-foto. Dia sama sekali tidak membicarakan rencana berpameran. "Saya hanya ingin melukis," katanya. "Ini pengembaraan saya dalam memburu kebenaran artistik."

Saya termangu. Begitu banyak yang tengah dia buru. Hampir semua jalan-darah seni-teater dia lakoni. Berbagai tindak kreatif dia gebrak. Semangatnya tidak meluntur, malah semakin menggebu. Dan itu hanya bisa dilakukan oleh seniman yang memiliki enerji berlebih. Enerji yang bersumber dari komitmen kultural.

Kesenian-teater berawal dari ide, konsep. Ide atau konsep melahirkan tema. Tema menjadi *premise*, siratan dari 'apa yang hendak diucapkan lewat pentas teater'. *Premise* berlanjut dengan penulisan drama. Dan Drama, hanya sebuah rancangan, *draft*, bahan dasar kreatif yang harus mampu mengkolaborasikan seluruh unsur artistik, baik visual maupun audio. Para aktor bertugas mencipta 'sebuah inti kehidupan' lewat naskah drama itu. Sutradara bertugas memandu terjadinya kolaborasi teatral. Di dalam teater, semua unsur adalah penting. Jika tidak penting, tentu tak akan di hadirkan. Lewat teater, apa pun jenis dan bentuknya, tafsir terhadap alam dan kehidupan digelar. Dan itulah wujud dari rasa terimakasih para seniman teater terhadap alam dan kehidupan.

Dan nampaknya, Taufan tengah menyiapkan sebuah 'pentas teater', lewat medium kesenian yang tengah diburu untuk diyakini. Mungkin kegiatan artistik itu mengalir begitu saja, seperti air sungai mengalir ke laut. Tak pernah direncanakan sebelumnya. Upaya dalam memburu 'kebenaran artistik', mungkin akan melewati berbagai jalan yang tak terduga. Bisa lurus, atau berbelok-belok, berhenti sejenak, kemudian mengalir lagi mencari muara, lalu berkumpul di dalam sebuah 'laut kebenaran'. Seperti sifat dasar air, yang dirangkum Lao Tzu dalam Tao Te Ching, dengan sangat indah dan bermakna: *Air selalu mencari tempat yang rendah. Tidak berdesakan. Tidak pernah berebutan. Berhenti sejenak jika ada yang menghalangi. Untuk kemudian berbelok ke kanan atau ke kiri. Atau meresap ke dalam tanah. Lalu muncul di sebaliknya. Dan melanjutkan perjalanan. Menuju tempat yang rendah.*

Apa pun yang berhasil diraih Taufan dari pengembaraan, yang nampaknya tak pernah selesai, akan menjadi bekal berharga bagi keseniannya. Taufan adalah konsep, ide, tema, *premise*, drama, sutradara sekaligus aktor, dan juga pentas. Terus terang, jarang seniman yang memiliki enerji seperti Taufan. Dan itu sangat membanggakan. Saya bangga kepadanya.

Jakarta, 9 Juli 2004. **NR.**

www.ingramcontent.com/pod-product-compliance
Lightning Source LLC
LaVergne TN
LVHW040050080526
838202LV00045B/3571